彩圖實境

JAPAN

作者 齊藤剛編輯組　審訂 田中綾子

旅遊日語

MP3 『 JAPAN 日本の観光スポット
きゅうしゅう ながさき
おおさか とうきょう〜〜〜〜 』

目録

前言

　　學日語最怕憑空想象。讀者一定有過這種經歷：空有一堆單字，真正到了國外，畫面卻與單字搭不起來，依然什麼都看不懂，什麼都說不出口。的確，「百聞不如一見」這句話不是沒有道理的。本書創新採用大量實景照片來介紹單字，以視覺輔助記憶，不僅學起來輕鬆，腦海留下印象深刻，不容易遺忘。全書 23 個章節，涵蓋機場、交通、住宿、購物等重要主題，依照一般旅遊行程排列，貼近實際使用習慣。不論跟團、自助旅行，本書都是您不可或缺的好幫手。

1 語彙（單字）

彩色圖解單字

用「看」圖學單字，絕對比憑空死背有效。本書以大量的彩色照片，具體呈現單字所代表的意義，豐富你的視覺，減輕學習壓力。

2 キーワード（關鍵字）

延伸單字詞組

意義較為抽象、不適合用圖片說明的單字詞組，收錄在這個單元，不遺漏任何重要詞彙。

3 会^{かい}話^わ（會話）

會話練習

本書 23 個單元，每單元皆有 1 到 2 則會話練習，讀者可借由簡單的會話練習，了解日文實際情境運用情形。

---

3 → 会^{かい}話^わ（會話）

01 チケットを予約^{よやく}する 訂機票

佐藤　来週月曜日^{らいしゅうげつようび}の東京^{とうきょう}までのチケットを予約^{よやく}したいんですけど。

グラウンドスタッフ　ただいま空席状況^{くうせきじょうきょう}を調^{しら}べますので、しばらくお待^まちください。

佐藤　エコノミークラスのオープンチケットでお願^{ねが}いします。

グラウンドスタッフ　全日空^{ぜんにっくう}の9時^じ25分発^{ふんはつ}の便^{びん}でよろしいでしょうか。

佐藤　大丈夫^{だいじょうぶ}です。搭乗手続^{とうじょうてつづ}きは何時^{なんじ}からですか。

グラウンドス　搭乗時間^{とうじょうじかん}の2時間前^{じかんまえ}までに空港^{くうこう}カウンターにお越^こしく

---

4 使^{つか}える表現^{ひょうげん}（常用表達）

4 → 使^{つか}える表現^{ひょうげん}（常用表達）

01 詢問航班時間與訂機票

航班時間
1. 日曜日^{にちようび}に大阪^{おおさか}に飛^とぶ便^{びん}ってありますか。星期天有去大阪的航班嗎？
2. 次^{つぎ}の大阪行^{おおさかゆ}きの便^{びん}は何時発^{なんじはつ}ですか。
　下一班去大阪的飛機幾點起飛？
3. その次^{つぎ}は？在那之後是哪一班？
4. 次^{つぎ}は10時^じ45分発^{ふんはつ}です。下一班是 10 點 45 分起飛。
5. キャンセル待^まちできますか。可以候位嗎？

飛行時間
6. 東京^{とうきょう}から大阪^{おおさか}までどれぐらいかかりますか。
　從東京到大阪要飛多久？
7. 1時間^{じかん}くらいだと思^{おも}われますが、ちょっと遅^{おく}れる可能性^{かのうせい}もございます。
　嗯，大概需要一小時，但有時候有可能會延遲。

訂機票
8. 明日^{あした}の広島行^{ひろしまゆ}きのチケットを予約^{よやく}したいんですが。

例句豐富實用

出國旅遊可能遇到的場合非常多，實際對話也無一定的模式，因此，學習者必須擁有大量的日文用語，在實際對話時靈活運用。本書收錄旅遊途中可能用到的各種例句，例句數量大，應用範圍廣。

搜尋專用提示詞
例句加上提示詞，更方便搜尋。

補充旅遊資訊
依據場合需要，補充各種貼心的小資訊。

フロントガラス 擋風玻璃
サイドミラー 後照鏡
ワイパー 雨刷
エンジンフード 引擎車蓋
ライト 車燈
トランク 後車廂
タイヤ 輪胎
ナンバープレート 車牌
方向指示燈 方向燈

<ruby>空港<rp>(</rp><rt>くうこう</rt><rp>)</rp></ruby>で

Part 1

在 機 場

空港 機場　　**チェックインカウンター** 登機櫃檯　**チケット** 機票

パスポート 護照　　**ビザ** 簽證　　**搭乗券** 登機證

カート 行李推車　　**航空会社** 航空公司　　**秤** 磅秤

❶ 單字

10
朝の便 早班飛機

11
夜の便 晚班飛機

12
出発時刻表示板 起飛時刻表

13
防犯ゲート 安檢門

14
動く歩道 電動步道

15
免税店 免稅商店

16
搭乗口 登機門

17

待合室 候機室

18

滑走路 跑道

19 壊れ物／割れ物 易碎物品　　**20** 空港ラウンジ 機場貴賓室

2 ・キーワード（關鍵字）🎧②

1	チケットを予約^{よやく}する	訂機票
2	フライトナンバー	航班號
3	搭乗^{とうじょう}手続^{てつづ}きをする	辦理登機手續
4	片道^{かたみち}チケット	單程票
5	往復^{おうふく}チケット	來回票
6	オープンチケット	回程時間不定（機票）
7	直行便^{ちょっこうびん}	直飛航班
8	チケットを確認^{かくにん}する	再確認機位
9	手荷物^{てにもつ}	隨身行李
10	超過荷物^{ちょうかにもつ}	超重行李
11	無料手荷物^{むりょうてにもつ}	免費行李
12	手荷物引換証^{てにもつひきかえしょう}	行李領取牌
13	出発^{しゅっぱつ}	起飛
14	現地時刻^{げんちじこく}	當地時間
15	定刻^{ていこく}	準時
16	遅延^{ちえん}	誤點
17	観光案内^{かんこうあんない}	旅遊導覽
18	地図^{ちず}	地圖

❶ チケットを予約する　訂機票 ③

佐藤	来週月曜日の東京までのチケットを予約したいんですけど。
グラウンドスタッフ	ただいま空席状況を調べますので、しばらくお待ちください。
佐藤	エコノミークラスのオープンチケットでお願いします。
グラウンドスタッフ	全日空の9時25分発の便でよろしいでしょうか。
佐藤	大丈夫です。搭乗手続きは何時からですか。
グラウンドスタッフ	搭乗時間の2時間前までに空港カウンターにお越しください。

佐藤	我要預訂一張下禮拜一去東京的機票。
地勤人員	請稍等，我查一下空位狀況。
佐藤	我要經濟艙，回程時間不定的來回票。
地勤人員	全日空航空公司有一個早上9點25分起飛的航班，可以嗎？
佐藤	這個可以，我應該什麼時候去辦理登機手續？
地勤人員	您要在飛機起飛前兩小時到達機場櫃檯。

©by Kentaro IEMOTO

全日本空輸 全日空航空公司

02 搭乗手続き 辦理登機手續 (4)

佐藤	搭乗手続きをお願いします。
グラウンドスタッフ	チケットとパスポートをお願いします。
佐藤	はい。席は窓側でお願いします。
グラウンドスタッフ	かしこまりました。お荷物をこちらの秤の上に載せてください。
佐藤	分かりました。
グラウンドスタッフ	こちらはチケットと、搭乗券、それにパスポートと手荷物引換証でございます。搭乗時刻は朝の9時で、8番の搭乗口からご搭乗ください。
佐藤	ありがとうございます。

佐藤	我要辦理登機手續。
地勤人員	請出示您的機票和護照。
佐藤	給您。我想要靠窗的座位。
地勤人員	沒問題。請把行李放在磅秤上。
佐藤	好。
地勤人員	可以了。這是您的機票、登機證、護照和行李領取牌。請在 8 號登機門登機，您的登機時間是早上 9 點。
佐藤	非常感謝你。

依民航局安檢規定，超過 100 mL 的液體不能放在手提行李內登機，瑞士刀、剪刀等物品亦禁止隨身攜帶登機。因此在準備行李時，別忘了將化妝水、乳液、飲料等液體，以及瑞士刀、刀片等利器放進托運行李中，以免在通過安檢時被沒收或強制丟棄。

13

01 詢問航班時間與訂機票 🎧5

航班時間

❶ 日曜日に大阪に飛ぶ便ってありますか。星期天有去大阪的航班嗎？

❷ 次の大阪行きの便は何時発ですか。

下一班去大阪的飛機幾點起飛？

❸ その次は？在那之後是哪一班？

❹ 次は10時45分発です。下一班是 10 點 45 分起飛。

❺ キャンセル待ちできますか。可以候位嗎？

飛行時間

❻ 東京から大阪までどれぐらいかかりますか。

從東京到大阪要飛多久？

❼ 1時間くらいだと思われますが、ちょっと遅れる可能性もございます。

嗯，大概需要一小時，但有時候有可能會延遲。

訂機票

❽ 明日の広島行きのチケットを予約したいんですが。

我想預訂明天飛往廣島的機票。

❾ その便ならご予約いただけます。

我可以幫您訂那個航班的座位。

再次確認機位

❿ 再確認する必要がありますか。

我需要再確認機位嗎？

⓫ いいえ、必要はございません。 不，不須要。

⓬ 48 時間前までにお席の再確認をする必要があります。

您必須提前 48 個小時確認機位。

詢問票價

⓭ 往復チケットはいくらですか。 來回票多少錢？

⑭ 東京から大阪までの片道チケットは 15,000 円でございます。

從東京到大阪的單程票價為 15,000 日圓。

直達航班	**⑮** 直行便ですか。 它們是直達航班嗎？
	⑯ それって直行便ですか。 請問是直飛的嗎？
	⑰ そうです。札幌までの直行便です。 是的，這是直達札幌的飛機。
	⑱ 直行便ではございませんので、東京でお乗り継ぎください。
	那不是直飛的航班，你需要在東京轉機。

| 選擇艙等 | **⑲** ファーストクラスでお願いします。 我想要頭等艙。 |

⓪② 辦理登機手續 🎧 ⑥

| 辦理登機時間 | **⑳** いつ搭乗手続きができますか。 |
| | 我應該什麼時候辦理登機手續？ |

尋找登機櫃檯	**㉑** 中華航空のチェックインカウンターはどこですか。
	請問中華航空公司的登機櫃檯在哪裡？
	㉒ MU523、東京行きはここですか。
	這裡是去東京的 MU 523 航班登記處嗎？
	㉓ チケットとパスポートをお願いします。請出示機票和護照。
	㉔ 搭乗手続きをお願いします。 我要辦理登機手續。

| 付機場稅 | **㉕** 空港税はいくらですか。 機場稅多少錢？ |

選擇機上座位	**㉖** 窓側の席でお願いします。 我要靠窗的座位。
	㉗ 通路側の席にしてください。 我要靠走道的座位。
	㉘ 申し訳ございませんが、窓側の席はもうございません。
	很抱歉，已經沒有靠窗的座位了。

©by Kentaro IEMOTO

要求坐在一起	**㉙** ほかに一緒に座れる席ってありますか。 還有沒有其他連在一起的座位？	

要求坐在一起

㉙ ほかに一緒に座れる席ってありますか。
還有沒有其他連在一起的座位？

航班客滿

㉚ 申し訳ございませんが、すべての便は予約がいっぱいでございます。
抱歉，所有的航班都客滿了。

行李托運數量

㉛ お預けの荷物はございませんか。
您有行李需要托運嗎？

㉜ お預けの荷物は何点ございますか。
您有幾件行李需要托運？

行李過磅

㉝ お荷物を秤の上に載せてください。 請把您的行李放在秤上。

免費行李限重

㉞ 機内持ち込みの荷物は何点まで無料ですか。
請問可以攜帶幾件免費行李？

隨身行李

㉟ このカバンは機内に持ち込めますか。
我可以隨身攜帶這個包嗎？

❸ 通關安檢與登機 🎧⑦

通過安檢門　**36** 防犯ゲートを通ってください。
請通過安檢門。

要求打開包包　**37** カバンを開けてください。ちょっと調べますね。
請把您的包打開，我們要檢查一下。

不可攜帶液體　**38** 液体物をお持ちでないことを確認します。
我只是要確認您沒有攜帶液體。

再次查驗行李　**39** もう一度通してください。(行李) 再過一次 (X 光機)。

詢問登機時間　**40** いつ搭乗できますか。 什麼時候可以登機？

航班誤點　**41** 申し訳ございませんが、そちらの便は遅延しております。
抱歉，您的航班可能誤點了。

登機廣播　**42** MU523 便、東京行きのお客様に、お知らせいたします。ただいまより搭乗手続きを開始いたします。ファーストクラスのお客様は搭乗口までお越しください。
各位前往東京的旅客請注意，飛往東京的東航 MU523 航班，已經開始登機，請頭等艙的旅客前往登機門。

航班延後廣播　**43** 東京行きのお客様に、お知らせいたします。大変申し訳ございませんが、天候の影響で、東京行きのすべての便が遅延しております。新たな出発時間を改めてお知らせいたしますので、お客様にはご迷惑をおかけして申し訳ございませんが、ご了承とご協力をお願いいたします。
各位前往東京的旅客請注意，由於天氣不佳，所以飛往東京的航班都將延後起飛。我們將盡快通知您航班新的起飛時間。為此我們深表歉意，敬請理解與配合，謝謝。

17

出境流程

第一次出國時，難免緊張興奮，甚至會不知該如何是好。別擔心，只要跟著以下的流程走，一切簡單輕鬆！

1 チェックインカウンター　登機櫃檯

機場有兩個不同的大廳，分別是出境大廳（出発ロビー）及入境大廳（到着ロビー）。出國時一定要前往出境大廳，到那裡找到要搭乘的航空公司登機櫃檯（チェックインカウンター），即可辦理手續。有時不見得所有航空公司都有自己的登機櫃檯，但無櫃檯的航空公司一定會委托另一家航空公司代為處理，這時只要看一下標示即可找到正確的櫃檯。一般來說，出國旅遊須在飛機起飛前兩個小時到達機場，所辦理的手續如下：

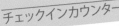
チェックインカウンター

→ 核對證件：機票（チケット）、護照（パスポート）、簽證（ビザ）。但目前日本為免簽，所以不需要「ビザ」。

→ 托運行李：過磅（重量をはかる）、檢查、發行李牌。行李若超重（重量超過），則須支付行李超重費（超過手荷物料金）。若無太多手提行李（手荷物），則可隨身攜帶部分行李。

→ 選座位：各種座位的說法如下：
・窗側の席（靠窗座位）　・真ん中の席（中間座位）
・通路側の席（走道座位）

免税店

→ 領取登機證（搭乗券）：如果有托運的行李，行李牌則一併交回，或是直接貼在機票上。登機證上會註明航班號（フライトナンバー）、登機門（搭乗口）、座位號（シートナンバー），有時也會寫上登機時間（搭乗時刻）。 如果你是某航空公司的會員，或者已累積一定的裡程點數，則座位可以升級（アップグレード），可於此時告知航空公司，請其查詢是否尚有座位可以升艙。

另外，依各機場的規定付機場稅（空港稅）。

搭乘口（とうじょうぐち）

待合室（まちあいしつ）

2 出入国審査（しゅつにゅうこくしんさ）　查驗護照

將護照及登機證交付查驗，護照也會蓋上一個註明日期的出境章（ 出国スタンプ（しゅっこく）），表示已經出國！有時會問一兩個簡單的問題，如為何停留該國、接下來要去哪國之類的問題。

3 保安検査（ほあんけんさ）　安全檢查

在這裡又分為人走的金屬探測器（金属探知機（きんぞくたんちき）），及隨身行李及物品走的行李 X 光（手荷物検査（てにもつけんさ））的兩項檢查裝置。

金属探知機（きんぞくたんちき）

4 搭乗口へ（とうじょうぐち）　進入登機門

憑登機證找到正確的登機門，之後便可以在候機室（待合室（まちあいしつ））等候登機。這時如果時間充裕，還可以到免稅商店（免税店（めんぜいてん））逛逛。切記！在免稅店買東西，一定要出示護照與登機證才能購買！

5 搭乗（とうじょう）　登機

到了登機時間，航空公司開始廣播請大家登機；通常都是頭等艙及商務艙（ビジネスクラス）的旅客先登機，之後是老人或是有小孩的旅客，接著是經濟艙（エコノミークラス）的旅客按機位前後，從後半段的乘客開始登機。

保安検査（ほあんけんさ）

機票

チケット

01 **発券会社** 開票的航空公司
はっけんかいしゃ

02 **日付** 開票日期
ひづけ

03 **航空会社識別番号** 航空公司識別碼
こうくうかいしゃしきべつばんごう

04 **発券地** 開票地點
はっけんち

05 **搭乗者名** 旅客姓名
とうじょうしゃめい

拼法必須與護照姓名相同，
否則無法登機，因此機票不可轉讓。

06 **搭乗区間の運賃種別コード** 票價基準
とうじょうくかん　うんちんしゅべつ

依目的地、淡旺季、艙等而有所不同。

07 **ツアー承認番号** 團號
しょうにんばんごう

團體機票就會有此代號

08 **出発地・到着地** 出發地與目的地
しゅっぱつち　とうちゃくち

09 **搭乗航空会社** 航空公司
とうじょうこうくうかいしゃ

10 **フライト番号** 航班號
ばんごう

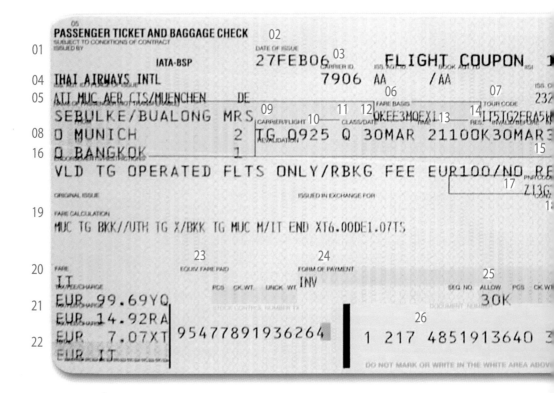

❹
常用表達

11　搭乗クラス（とうじょう）　艙等

一般而言，頭等艙爲 F，商務艙爲 C，經濟艙爲 Y，但不同的航空公司或有不同的編法，例如：依據有效期限和訂位速度等，商務艙可能又分 C、J、D，經濟艙再分 Y、Q、L 等。

12　搭乗日（とうじょうび）　出發日期

13　出発時刻（しゅっぱつじこく）　航班起飛時間

14　予約状況（よやくじょうきょう）　訂位狀態
OK 表示已訂位；QR 表示後補

15　有効期間満了日（ゆうこうきかんまんりょうび）
使用期限

16　使用規制（しようきせい）　機票限制，常見訊息如下：
→ NON ENDORSABLE　禁止背書轉讓
→ NON REROUTABLE　禁止更改行程
→ NON REFUNDABLE　禁止退票
→ VALID ON... ONLY　限乘某航空公司航班
→ EMBARGO PERIOD　禁止搭乘的時間

17　予約番号（よやくばんごう）　訂位代號

18　ファイルアドレス　機票連號記錄
如果行程較長，需要兩本機票，便有此記錄。

19　運賃計算の明細（うんちんけいさん　めいさい）　票價計算資料

20　運賃（うんちん）　直接向航空公司買的票價

21　空港税（くうこうぜい）　各國機場稅

22　総額（そうがく）　票價總額

23　実際支払い金額（じっさいしはら　きんがく）　實際付款幣值
在不違反當地法規的情況下，有時可用其他幣值付款。

24　支払い方法（しはら　ほうほう）　付款方式

25　無料手荷物許容量（むりょうてにもつきょようりょう）　免費托運行李限重

26　チケットコード　機票編號

PASSENGER COUPON
6
NAME OF PASSENGER
SEBULKE/BUALONG MRS
T-TG　TGRR11571
MUNICH　2
BANGKOK　1
THAI AIRWAYS INTL
CARRIER/FLIGHT　CLASS/DATE　TIME
TG 0925 Q 30MAR2110
GATE　BOARD TIME　SEAT　SMOKE
ADDITIONAL SEAT　INFORMATION
CS　CK.WT　UNCK. WT　SEQ. NO.　PCS　CK.WT　UNCK. WT
BAGGAGE ID NO.
DOCUMENT NUMBER　OK
217 4851913640 3

登機證

<ruby>搭乗券<rt>とうじょうけん</rt></ruby>

ANA

ECONOMY CLASS 04
05 20 JAN

01 ZHOU / YIYI

MR

03 便名/FLIGHT
02 行先/TO

NH 0152
TOKYO - HND JAPAN

Y

搭乗口
GATE 06 **E20**

搭乗時刻 07
Boarding Time **17 : 55**

座席番号
SEAT NO.

20A
08

009

API / ---*CN
ETKT: 20521064087302

ANA

04 ECONOMY CLASS   MR
01 ZHOU / YIYI

03 **NH 0152**

05 20 JAN

座席番号 08 **20A**
SEAT NO.

NH 6009845941

ETKT: 20521064087302

009
SIN

---

01 <ruby>搭乗者名<rt>とうじょうしゃめい</rt></ruby> 乘客姓名

02 <ruby>出発地・到着地<rt>しゅっぱつち・とうちゃくち</rt></ruby> 出發地與目的地

03 <ruby>搭乗<rt>とうじょう</rt></ruby> フライト 航班號

04 <ruby>搭乗<rt>とうじょう</rt></ruby> クラス 座艙等級

05 <ruby>搭乗日<rt>とうじょうび</rt></ruby> 搭乘日期

06 <ruby>搭乗口<rt>とうじょうぐち</rt></ruby> 登機門

07 <ruby>搭乗時刻<rt>とうじょうじこく</rt></ruby> 登機時間

08 <ruby>座席番号<rt>ざせきばんごう</rt></ruby> 座位號

航班出發時間表

1 出発時刻表示板 [しゅっぱつじこくひょうじばん] 航班出發時間表

2 出発時刻 [しゅっぱつじこく] 起飛時間

3 到着地 [とうちゃくち] 目的地

4 航空会社名 [こうくうかいしゃめい] 航空公司

5 フライトナンバー 航班號

6 搭乗口 [とうじょうぐち] 登機門

7 備考 [びこう] 備註

8 出発済み [しゅっぱつずみ] 已起飛

9 搭乗開始 [とうじょうかいし] 登機中

10 定刻 [ていこく] 準時起飛

11 遅延 [ちえん] 延誤

12 欠航 [けっこう] 取消

13 時刻変更 [じこくへんこう] 已更改時間

有些機場的 出発時刻表示板 [しゅっぱつじこくひょうじばん]（航班出發時間表）會標示 予定出発時刻 [よていしゅっぱつじこく]（預定起飛時間）和 実際出発時刻 [じっさいしゅっぱつじこく]（實際起飛時間）。備註欄的航班狀態還有可能出現下列資訊：

最終案内 [さいしゅうあんない] 最後登機廣播

搭乗手続き中 [とうじょうてつづきちゅう] 辦理登機手續中

機内で
き ない

© by MIKI Yoshihito

Part 2

在 飛 機 上

荷物入れ 頭頂置物箱
4

中央列の座席 中間的座位
2

窓側の座席 靠窗座位
3

通路 走道
5

通路側の座席 靠走道的座位
1

客室乗務員／CA 空服員
6

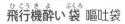

飛行機酔い袋 嘔吐袋
7

シートベルト 安全帯
8

日よけ 遮陽板
9

トレー 折叠餐桌

シートポケット 椅背置物袋

ヘッドフォン 耳機

まくら
枕 枕頭

もうふ
毛布 毛毯

リモコン 扶手上的操作按鈕台

でんしきき
電子機器 電子產品

きないしょく
機内食 機上餐點

めんぜいひん
免税品 免税商品

1	エコノミークラス	經濟艙
2	ビジネスクラス	商務艙
3	ファーストクラス	頭等艙
4	機内映画 (きないえいが)	機上電影
5	トイレ	洗手間
6	使用中 (しようちゅう)	（洗手間）有人使用
7	空き (あき)	（洗手間）無人使用
8	救命胴衣 (きゅうめいどうい)	救生衣
9	酸素マスク (さんそ)	氧氣罩
10	乱気流 (らんきりゅう)	氣流
11	嘔吐 (おうと)	嘔吐
12	飛行機酔い (ひこうきよい)	暈機
13	耳鳴り (みみなり)	耳鳴
14	非常口 (ひじょうぐち)	緊急出口
15	ベジタリアンフード	素食
16	牛肉 (ぎゅうにく)	牛肉
17	豚肉 (ぶたにく)	豬肉
18	魚 (さかな)	魚肉
19	パン	麵包
20	時差 (じさ)	時差

21	国際日付変更線 <small>こくさい ひ づけへんこうせん</small>	國際換日線
22	高度 <small>こう ど</small>	高度
23	地表温度 <small>ち ひょうおん ど</small>	地面溫度
24	摂氏 <small>せっ し</small>	攝氏溫度
25	華氏 <small>か し</small>	華氏溫度
26	機長 <small>き ちょう</small>	機長
27	客室乗務員 <small>きゃくしつじょう む いん</small>	全體機員
28	コックピット	駕駛艙

飛行機コックピット　飛機駕駛艙
<small>ひ こう き</small>

01 機内でのお食事 在飛機上用餐 🎧10

客室乗務員	お食事は和食と洋食とどちらになさいますか。
佐藤	和食をください。
客室乗務員	コーヒーかお茶はいかがですか。
佐藤	コーヒーで。

空服員	餐點您要日式餐還是西餐呢？
佐藤	我要日式餐。
空服員	要不要喝點咖啡或茶呢？
佐藤	請給我咖啡。

02 飛行機酔い　暈機 🎧11

客室乗務員 (きゃくしつじょうむいん)	どうなさいましたか。
田中 (たなか)	ちょっと気分が悪いんです。エチケット袋をください。
客室乗務員 (きゃくしつじょうむいん)	こちらのシートポケットにございます。どうぞ。
田中 (たなか)	ありがとう。
客室乗務員 (きゃくしつじょうむいん)	お水でもお持ちしましょうか。
田中 (たなか)	お願いします。

空服員	請問需要什麼嗎？
田中	我覺得不太舒服，麻煩給我一個嘔吐袋。
空服員	嘔吐袋就在椅背置物袋裡，給您。
田中	謝謝！
空服員	我拿水給您好嗎？
田中	好。

Part 2 在飛機上

❸ 會話

31

4 ▶ 使える表現（常用表達）

01 找座位與使用設備 🎧12

尋找座位

❶ すみません、18A の席はどこにあるか、教えてもらえませんか。
不好意思，請問 18A 座位在哪裡？

❷ そちらの窓のほうでございます。 就在那裡，靠窗的那一個。

和別人換座位

❸ ちょっと席を変わってもらってもいいですか。
我可以跟你換座位嗎？

座位被占

❹ すみません、ここは私の席のはずですが。 不好意思，這是我的座位。

座位是否有人坐

❺ すみません。ここの席は空いていますか。
不好意思，請問這個座位有人坐嗎？

請求幫忙放行李

❻ すみません。この荷物を棚に上げたいんですが、手伝ってもらえませんか。
不好意思，可以幫我把行李放上去嗎？

請求幫忙拿行李

❼ ちょっと荷物を降ろしてもらえませんか。 可以幫我把行李拿下來嗎？

頭頂置物箱已滿

❽ 荷物入れがもういっぱいなんですけど、どこに入れればいいですか。
上面的置物箱都滿了，我的行李要放哪裡？

❾ 前の座席の下に置いてください。
您可以將行李放在前面的座位下面。

索取中文報紙

❿ 中国語の新聞ってありますか。
你們有沒有中文報紙？

緊急時に酸素マスクが自動的に降りてきます。

繫安全帶　⓫ シートベルトの締め方を教えてもらえませんか。
麻煩教我怎麼繫安全帶好嗎？

⓬ シートベルトの外し方を教えてもらえませんか。
請問安全帶要怎麼解開？

放下椅背　⓭ 背もたれはどうすれば倒せますか。　我要怎麼把椅背放下來？

豎直椅背　⓮ 背もたれを元の位置にお戻しください。　請豎直椅背。

耳機壞了　⓯ すみません。このヘッドフォンは聞こえないんで、新しいのをください。
不好意思，這副耳機是壞的，麻煩給我一副新的。

如何開燈　⓰ ライトはどうやってつけるんですか。　請問燈怎麼開？

索取毯子
或枕頭　⓱ 毛布をもう一枚ください。　請再給我一條毛毯好嗎？
⓲ 枕をもう一個ください。　請再給我一個枕頭。

機上電影　⓳ 映画はいつから始まりますか。　機上電影什麼時候開始播放？
⓴ 映画は何チャンネルですか。　電影頻道是多少？

申し訳ございませんが Wi-Fi のご提供をいたしておりません。

使用電子產品	**21**	**電子機器はいつから使えますか。**
		什麼時候可以使用電子產品？

02 身體不適與飲食 ⑬

尋找洗手間	**22**	**トイレはどこですか。**
		請問洗手間在哪裡？

身體不適	**23**	**ちょっと気分が悪いんですが。** 我覺得不舒服。

想吐	**24**	**ちょっと吐き気がします。** 我想吐。

索取藥品	**25**	**酔い止め薬ってありますか。** 你們有暈機的藥嗎？
	26	**頭痛薬ってありますか。** 你們有頭痛的藥嗎？

餐點供應時間	**27**	お食事は何時からですか。
		請問餐點幾點開始供應？

選擇餐點	**28**	牛肉と豚肉、どちらになさいますか。　請問您要吃牛肉還是豬肉？
	29	だし巻き卵とキッシュ、どちらになさいますか。
		請問您要吃蛋卷還是法式鹹派？

還要吃麵包	**30**	パンのおかわりはいかがですか。　還要再來一點麵包嗎？
	31	もうちょっとパンをもらえますか。　可以再給我一些麵包嗎？

喝飲料	**32**	お飲み物はどうなさいますか。　想喝點什麼飲料嗎？
	33	オレンジジュースをください。　我要柳橙汁。

機内食

一般長程航班會印製菜單，放在座椅口袋內，或在飛機起飛後發給旅客，供旅客事先考慮想吃哪一種餐點。吃素的旅客，別忘了在訂機票或辦理登機時告乘務人員，以便乘務人員提前準備你的餐點。

34 ワインはいかがですか。　想喝點葡萄酒嗎？

35 コーヒーのおかわりはいかがですか。　還要再來一點咖啡嗎？

36 レモンソーダをください。　可以給我一杯檸檬汽水嗎？

吃完餐點　**37** もうよろしいでしょうか。　請問您吃完了嗎？

38 はい。もう大丈夫です。　我吃完了。

39 まだです。　我還沒吃完。

索取潔牙
用品　**40** フロスってありますか。
你們有牙線嗎？

③③ 購買免稅商品與機長廣播 🎧14

購買免稅 商品	**41** 免税品（めんぜいひん）ってありますか。這個航班上有賣免稅商品嗎？
	42 ドルで払（はら）えますか。你們收美元嗎？
	43 ドルがご利用（りよう）いただけます。我們收美元。
	44 支払（しはら）いはクレジットカードでも大丈夫（だいじょうぶ）ですか。 我可以刷信用卡付款嗎？
填寫表格	**45** この表（ひょう）はどうやって書（か）きますか。 請問如何填寫這份表格？
詢問當地 時間	**46** 現地時間（げんちじかん）は今何時（いまなんじ）ですか。 現在當地時間是幾點？
行經氣流	**47** お客様（きゃくさま）にお知（し）らせいたします。当機はただいま乱気流（らんきりゅう）を通過（つうか）しております。お客様（きゃくさま）の安全（あんぜん）のため、お座席（ざせき）にお戻（もど）りになり、シートベルトをしっかりとお締（し）めください。ご協力（きょうりょく）ありがとうございます。 各位旅客請注意，本航班即將行經氣流區，為了您的安全，請您回到座位並繫好安全帶。感謝您的合作。
機長說話	**48** ご搭乗（とうじょう）のみなさま、こちらは機長（きちょう）の加藤（かとう）でございます。当機は20分（ぷん）後（ご）に成田国際空港（なりたこくさいくうこう）に到着（とうちゃく）いたします。当機の現在（げんざい）の飛行高度（ひこうこうど）7,000フィートでございます。ただいまの現地時刻（げんちじこく）は夜（よる）9時（じ）45分（ふん）でございます。地表温度（ちひょうおんど）は摂氏（せっし）25度（ど）、華氏（かし）77度（ど）でございます。本日（ほんじつ）は当機（とうき）にご搭乗（とうじょう）いただきまして、誠（まこと）にありがとうございます。それでは残（のこ）りのお時間（じかん）をごゆっくりお過（す）ごしください。 各位旅客您好，我是機長加藤。本航班20分鐘後即將降落成田國際機場。我們的飛行高度是7,000英尺。當地時間為晚上9點45分，地面溫度為25攝氏度，77華氏度。機長加藤與所有組員感謝各位旅客搭乘本航班，希望各位旅客旅途愉快。

<ruby>入<rt>にゅう</rt></ruby><ruby>国<rt>こく</rt></ruby>・<ruby>乗<rt>の</rt></ruby>り<ruby>継<rt>つ</rt></ruby>ぎ

Part 3

入境／轉機

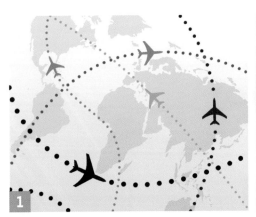

乗り継ぎ 轉機

トランジットラウンジ 轉機候機室・
・乗り継ぎ客 過境旅客

乗り継ぎカウンター 轉機櫃檯

入国審査 入境櫃檯

到着ロビー 入境大廳

7

手荷物引換証（てにもつひきかえしょう） 行李牌

8

アルコール類（るい） 酒類

9

タバコ 香菸

10

ターミナル 航廈

11

手荷物受取所（てにもつうけとりじょ） 行李領取處

12

観光（かんこう） 觀光

13

出張（しゅっちょう） 出差

1	ストップオーバー	過境停留時間
2	にゅうこく 入国カード	入境卡
3	ぜいかんしんこくしょ 税関申告書	關稅申報表
4	ぜいかん 税関	海關
5	つうかん 通関	通關
6	きょじゅうしゃ 居住者	國人
7	ひ きょじゅうしゃ 非居住者	非國人
8	がいこくじん 外国人	外國人

❷ 關鍵字

 Departure
出発 ↑

 Arrival
到着 →

 ↑ Bag claim
手荷物復取所

 Baggage hall

← Gate 20 | Gate 21 →

 Customs control
税関 ↗

 Passport control
入国審査 ↗

Connecting Flights ✈ ↓

9	てにもつけんさ 手荷物検査	行李檢查
10	わす ものとりあつかいじょ お忘れ物取 扱 所	行李遺失招領處
11	ぜいきんしんこく 税金申告	報稅
12	ぜいかんしんさ 税関審査	海關檢查
13	かんぜい 関税	關稅
14	めんぜいひん 免税品	免稅物品
15	めんぜいがく 免税額	免稅額
16	ぜいきん しはら 税金を支払う	付稅
17	み まわ ひん 身の回り品	私人物品
18	けいたいひん 携帯品	攜帶物品
19	じ かよう 自家用	自己要用的
20	きんしぶつ 禁止物	違禁品

01 **入国審査**で　入境櫃檯 ⑰
<rt>にゅうこくしんさ</rt>

審査官 <rt>しんさかん</rt>	パスポートと入国カードをお願いします。 <rt>にゅうこく　　　　　　　　　ねが</rt>
佐藤 <rt>さとう</rt>	はい。
審査官 <rt>しんさかん</rt>	今回の旅行の目的は（何ですか）？ <rt>こんかい　りょこう　もくてき　なん</rt>
佐藤 <rt>さとう</rt>	観光です。 <rt>かんこう</rt>
審査官 <rt>しんさかん</rt>	どれぐらい滞在しますか。 <rt>たいざい</rt>
佐藤 <rt>さとう</rt>	9 日間です。 <rt>ここの かかん</rt>
審査官 <rt>しんさかん</rt>	わかりました。どうぞ。

海關人員	請出示您的護照和入境登記表。
佐藤	給您。
海關人員	您來的目的是什麼？
佐藤	我是來觀光的。
海關人員	您打算在這裡待幾天？
佐藤	9 天。
海關人員	好的，請！

入境櫃檯通常分爲好幾種，外籍旅客必須選擇「外国人（外國人）」和「再入国（再入國）」這兩種窗口，並出示「パスポート（護照）」、「チケット（機票）」和「入国カード（入境卡）」。檢查人員通常會詢問一些旅行目的、停留時間、住宿地點等問題，一一回答後便可通過。

② 手荷物検査　行李檢查 ⑱

税関審査官	荷物をこちらにおいてください。
佐藤	はい。
税関審査官	これで全部ですか。
佐藤	そうです。カメラバッグとトラベルバッグ、それにスーツケースです。
税関審査官	何か申告するものはありませんか。
佐藤	ありません。身の回り品だけです。

海關人員	請把您的行李拿過來檢查。
佐藤	好的。
海關人員	您所有的行李都在這裡了嗎？
佐藤	是的，一個相機包、一個旅行袋和一個行李箱。
海關人員	有什麼要申報的嗎？
佐藤	沒有，我只有一些私人用品。

4 使える表現 (常用表達)

01 轉機 🎧19

機上轉機廣播	**❶** 乗り継ぎのお客様にお知らせいたします。搭乗時刻は夜9時50分です。過境旅客請於晚上9點50分重新登機。
尋找轉機櫃檯	**❷** 日本航空の乗り継ぎカウンターはどこですか。 請問日航的轉機櫃檯在哪裡？
登機時間	**❸** 次は何時に搭乗ですか。 請問我什麼時候應該回到機上？ **❹** 搭乗時間はいつですか。 登機時間是什麼時候？
起飛時間	**❺** 乗り継ぎの便は何時発ですか。 請問轉機航班什麼時候起飛？
詢問候機室	**❻** ここは TG635 便の待合室ですか。 請問這是 TG 635 航班的候機室嗎？
機場轉機廣播	**❼** 乗り継ぎのお客様は8番搭乗口にお越しください。 轉機的旅客，請前往 8 號登機門。

02 入境櫃檯對話 🎧20

出示證件	**❽** パスポートをお願いします。 請出示護照。
	❾ はい。（護照）給您。

10 入国カードとパスポートを見せてください。

請給我看一下您的入境卡和護照。

旅行目的　**11** 今回の目的は何ですか。　您此行的目的是什麼？

12 観光です。　觀光。

13 出張に来ました。　我是來出差的。

旅遊時間　**14** どれぐらい滞在しますか。　您要在這裡待多久？

15 一ヶ月ぐらいです。　一個月左右。

居住地點　**16** どこに泊まりますか。　您會住在哪裡？

17 市内のホテルです。　市中心的旅館。

18 友達の家に泊まります。　我住朋友家。

第一次造訪　**19** 日本に来たことがありますか。　您來過日本嗎？

20 いいえ、初めてです。　沒有，我第一次來。

是否獨自旅遊　**21** 一人で来ました。　我一個人來旅遊。

22 主人と来ました。　我跟我先生一起來的。

在當地是否有親友　**23** こちらに親戚がいますか。　您在這裡有親戚嗎？

24 ご家族は後で日本に来ますか。　您的家人隨後會來日本嗎？

是否跟團　**25** ツアーで来ましたか。　您是跟團來的嗎？

出示回程票　**26** 帰りのチケットは買いましたか。　您有回程機票嗎？

| 詢問國籍 | 27 どこから来ましたか。 您從哪個國家來的？ |
| | 28 台湾人です。 我是台灣人。 |

03 提領行李 21

| 尋找行李
領取處 | 29 手荷物受取所はどこですか。 請問行李領取處怎麼走？ |
| | 30 TG945便の荷物受取所はどれですか。
請問TG945航班的行李領取處在哪裡？ |

| 借過拿行李 | 31 すみません。これは私のです。 借過一下，這是我的行李。 |

| 行李遺失 | 32 荷物が見つからないんですけど。 我的行李不見了。 |

| 行李外觀 | 33 お荷物の見た目はどんな感じですか。 您的行李是什麼樣子的？ |
| | 34 緑のスーツケースで、キャスターがついています。
我的是有輪子的綠色行李箱。 |

| 尋找行李
推車 | 35 カートはどこにありますか。
哪裡有行李推車？ |

04 通關 22

| 尋找通關處 | 36 どこへ行けば税関ですか。 我應該由哪裡通關？ |
| | 37 どの通路を行けばいいですか。 你可以告訴我該走哪條通道嗎？ |

申報物品通關	**38** もし申告する物があれば、赤のラインの通路に行ってください。
	如果您有東西需要申報，請走紅色通道。

重填申報表	**39** ここでもう一枚新しい税関申告書を書いてもいいですか。
	我可以現在重新填一份海關申報單嗎？

尋找繳稅處	**40** 税金はどこで払いますか。　我應該在哪裡繳稅？

申報物品	**41** 何か申告する物はありませんか。　有什麼要申報的嗎？

攜帶煙酒	**42** タバコかアルコールを持っていますか。　您有帶香菸、酒嗎？
	43 タバコは少し持っていますが、自分用です。
	我有一些香菸，是自己要抽的。

檢查行李	**44** 手荷物をここに置いてください。　請把行李帶過來檢查。
	45 このカバンを開けてください。　請打開這個包。

行李不必檢查	**46** その荷物は審査しなくて結構です。
	您的行李可以不用檢查。

禮物	**47** これは友達へのお土産です。　這是要送給朋友的禮物。

詢問是否需繳稅	**48** 税金を払わなければいけないんですか。
	我這個必須繳稅嗎？

出示申報單	**49** 税関申告書を見せてください。
	請給我看一下您的申報單。

私人用品	**50** 身の回り品だけですか。
	您只有私人用品嗎？

りょうがえ
両替

Part 4

兌換外幣

1
両替 外幣兌換

2
円(¥) 日圓

3
500円 500日圓

4
100円 100日圓

5
50円 50日圓

6
10円 10日圓

7
5円 5日圓

8
1円 1日圓

9 ユーロ (€) 歐元

10 ユーロセント 歐分

11 <ruby>為替<rt>かわせ</rt></ruby>レート 匯率

12 お<ruby>金<rt>かね</rt></ruby>をくずす 換小鈔

13 サイン 簽名

14 トラベラーズチェック 旅行支票

©by MIKI Yoshihito

15 ATM／<ruby>現金<rt>げんきん</rt></ruby><ruby>自動<rt>じどう</rt></ruby><ruby>預<rt>あず</rt></ruby>け<ruby>払<rt>ばら</rt></ruby>い<ruby>機<rt>き</rt></ruby>
自動提款機

53

1	札（さつ）	紙幣
2	コイン	硬幣
3	銀行（ぎんこう）	銀行
4	窓口（まどぐち）	辦理窗口
5	営業時間（えいぎょうじかん）	營業時間
6	引き出し（ひきだし）	提款
7	手数料（てすうりょう）	手續費
8	申込表（もうしこみひょう）	申請單
9	レシート	收據
10	台湾ドル（たいわん）	新台幣

11	ポンド (£)	英鎊
12	円（えん） (¥)	日圓
13	オーストラリアドル ($)	澳幣
14	ルピア (RP)	印尼盧比；印尼盾
15	ルピー (Rs)	印度盾
16	バーツ (B)	泰銖
17	ウォン (W)	韓圜
18	ルーブル (Rbs)	俄羅斯盧布
19	ランド (R)	南非蘭特

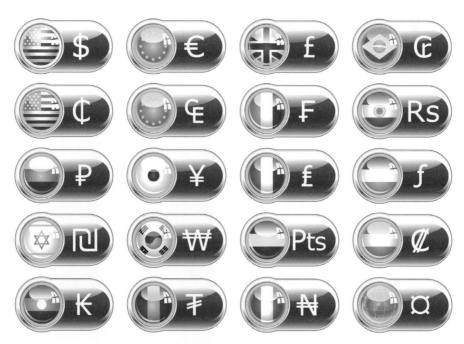

<ruby>世<rt>せ</rt></ruby><ruby>界<rt>かい</rt></ruby>の<ruby>紙<rt>し</rt></ruby><ruby>幣<rt>へい</rt></ruby>とその<ruby>国<rt>くに</rt></ruby>の<ruby>国<rt>こっ</rt></ruby><ruby>旗<rt>き</rt></ruby>

01 どこで 両替できますか。
りょうがえ

在哪裡可以換錢？ (25)

佐藤 (さ とう)	すみません。どこで両替(りょうがえ)できますか。
田中 (た なか)	あそこの銀行(ぎんこう)でできますよ。
佐藤 (さ とう)	ありがとうございます。

[銀行(ぎんこう)で]

佐藤 (さ とう)	すみません。両替(りょうがえ)はどの窓口(まどぐち)ですか。
受付 (うけつけ)	8番窓口(ばんまどぐち)でございます。
佐藤 (さ とう)	ありがとうございます。

佐藤	不好意思，請問我可以到哪裡換鈔？
田中	到那邊的銀行。
佐藤	謝謝。

〔在銀行〕

佐藤	不好意思，請問哪一個窗口可以兌換外幣？
櫃員	請到8號窗口辦理。
佐藤	謝謝！

02 台湾ドルを日本円に替えたいんですが。

我想把新台幣換成日圓。 26

佐藤	台湾ドルを日本円に替えたいんですが、今日の為替レートはいくらですか。
受付	本日の為替レートですと、1元は 3.709 円になります。
佐藤	手数料はいくらですか。
受付	1回につき、100円でございます。いくら両替なさいますか。
佐藤	4,000元です。小銭も少し混ぜてください。
受付	かしこまりました。

佐藤	我想把這些新台幣換成日圓,請問今天的匯率是多少?
櫃員	根據外匯牌價,今天是 1 元新台幣兌換 3.709 日圓。
佐藤	要付手續費嗎?
櫃員	每筆交易的手續費是 100 日圓。您想換多少?
佐藤	4,000 元新台幣,給您。其中換小鈔給我好嗎?
櫃員	好的。

01 兑換外幣 (27)

詢問兑換 處位置	**1** 両替所はどこにありますか。 請問貨幣兑換處在哪裡？ **2** どこで両替できますか。 我在哪裡可以換鈔？	

無兑幣服 務	**3** 申し訳ございませんが、こちらでは外貨の両替は受け付けておりません。 很抱歉，我們這裡不能換外匯。

詢問匯率	**4** 今日のレートを知りたいんですが。 我想知道今天的匯率是多少。 **5** 今日の台湾ドル対日本円のレートはいくらですか。 請問今天新台幣對日圓的匯率是多少？ **6** 為替レートはそこの表示板に書いてあります。 匯率都標在看板上。

換錢	**7** 台湾ドルを日本円に両替したいんですが。 我想用新台幣換日圓。 **8** 台湾ドルを5万円に両替したいんですが。 我想用新台幣換5萬日圓。 **9** それは台湾ドルでいくらになりますか。 那樣要付多少新台幣？

兑換方式	**10** どのように両替なさいますか。 錢您想怎麼換呢？

詢問手續 費	**11** 手数料はいくらですか。 手續費是多少？ **12** 手数料はいくらかかりますか。 手續費是多少？

13 1回につき100円いただきます。

我們每筆交易會收 100 日圓的手續費。

被要求簽
名

14 マークがついているところにサインしてください。

請您在有記號的地方簽名，好嗎？

詢問營業
時間

15 こちらの営業時間は何時から何時までですか。

請問你們銀行的營業時間是幾點到幾點？

16 平日は朝9時30分から午後3時30分までです。土日は休みです。

星期一到星期五，上午 9 點半到下午 3 點半，週末不營業。

17 24時間サービスってありますか。 你們有 24 小時銀行服務業務嗎？

從取款機
領錢

18 こちらの銀行のATMからお金が下ろせますか。

我可以從你們銀行的 ATM 取款嗎？

19 一日いくらまで下ろせますか。 我每天可領多少錢？

お金の引き出し 領錢

⓿ 換小鈔 ㉘

換小鈔	⓴ 小銭に 両替してください。
	麻煩幫我換成零錢。

換 1 萬日圓	㉑ この 1 万円を小銭に 両替したいんですが。
	我想將 1 萬日圓換成零錢。

錢要怎麼換	㉒ 両替はどのようになさいますか。 你要怎麼換？
	㉓ 千円札を 8 枚で、残りは小銭にしてください。
	我要 8 張 1,000 日圓的，其他的換零錢。
	㉔ この 1 万円札を 5 千円一枚、1 千円三枚、残りはコインに
	してもらえませんか。
	請把這張 1 萬日幣換成一張 5,000 日圓、三張 1,000 日圓，其餘的換
	硬幣。
	㉕ 500 円玉にしますか、それとも 100 円玉にしますか。
	您要換 500 日圓的還是 100 日圓的硬幣？

03 旅行支票

兌現旅行 支票	**26** トラベラーズチェックを 両替（りょうがえ）したいんですが。 我想要兌現一些旅行支票。
在支票上 簽名	**27** すべての小切手（こぎって）にサインする必要（ひつよう）がありますか。 每張支票都要簽名嗎？
索取收據	**28** すみません。レシートをもらえますか。 請給我一張收據好嗎？

　　旅行支票是一種預先印刷的、具有固定金額的支票，持有人需預先支付給發出者（通常是銀行）對應的金額。旅行支票如果遺失或被盜，可以補發，旅客能夠在旅行時換取當地貨幣。

　　旅客在購買旅行支票後，必須先在支票上方欄位預先簽名，之後於購物或是兌換實體貨幣時，再於下方欄簽上自己的名字，收取支票者就會核對上下欄的名字是否相同，以防他人盜用。

　　現在，因為信用卡、ATM 已經廣泛使用，所以旅行支票的地位已經不如從前重要，接受旅行支票的店家的數量也在逐年遞減，支票持有者僅能到銀行兌換成當地貨幣使用。甚至，旅行支票最大的發行銀行美國運通，已於 2007 年終止旅行支票的業務。

タクシーを拾う

5,000円
超分
半額

車空

Part 5

搭 計 程 車

1

タクシーを呼ぶ 打電話叫車

2

タクシーを拾う 攔計程車

3

タクシー乗り場 計程車招呼站

4

メーター 計費表

5

シートベルト 安全帶

6

©by MIKI Yoshihito

空車 空車

7

トランク 後車廂

初乗り料金 車資（起跳價）

お釣りは要りません 不用找錢

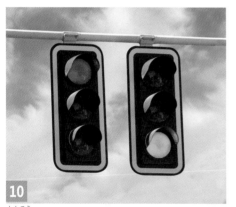

信号 紅綠燈

交差点 十字路口

歩道 人行道

横断歩道 斑馬線

01 どちらまでですか。要去哪裡？

運転手 _{うんてんしゅ}	どちらまでですか。
佐藤 _{さ とう}	東京駅までお願いします。夕方6時の新幹線に乗るんで。 _{とうきょうえき} _{ねが} _{ゆうがた じ しんかんせん の}
運転手 _{うんてんしゅ}	渋滞さえしなければ間に合うと思いますよ。 _{じゅうたい} _{ま あ おも}

[暫く経ち]
_{しばら た}

運転手 _{うんてんしゅ}	はい。東京駅です。 _{とうきょうえき}
佐藤 _{さ とう}	ありがとうございます。いくらですか。
運転手 _{うんてんしゅ}	1,820円です。 _{えん}
佐藤 _{さ とう}	はい。お釣りはいいですよ。 _つ
運転手 _{うんてんしゅ}	ありがとうございました。

司機	要去哪裡？
佐藤	請到東京站，我要趕傍晚6點的新幹線。
司機	如果不堵車的話，應該趕得上。

〔過了一會兒〕

司機	東京站到了。
佐藤	謝謝，多少錢？
司機	1,820日圓。
佐藤	這是車費，不用找了。
司機	謝謝。

02 ここまでお願いします。到這裡。(指著地址説) 🎧31

運転手 うんてんしゅ	どちらまでですか。
加藤 かとう	ここまでお願いします。 　　　　　　ねが
運転手 うんてんしゅ	スターホテルですね? 分かりました。 　　　　　　　　　　　わ
加藤 かとう	ホテルまでどれぐらいかかりますか。
運転手 うんてんしゅ	20分ですかね。 　　ぷん

　　　　　　[20分後]
　　　　　　　ぷん ご

運転手 うんてんしゅ	はい。着きました。 　　　つ
加藤 かとう	いくらですか。
運転手 うんてんしゅ	1,000円になります。 　　　　えん

司機	請問要去哪裡?
加藤	到這個地方。〔拿飯店名稱和地址給司機看〕
司機	星星飯店嗎?沒問題!
加藤	車程大概多久?
司機	大概 20 分鐘。

　　　　　　〔20分鐘後〕

司機	飯店到了。
加藤	多少錢?
司機	1,000 日圓。

タクシー表示灯 計程車燈
　　　　　ひょう じ とう

3 使える表現（常用表達）

01 叫車、上車 (32)

打電話叫車

1 ABC社までタクシー1台お願いします。 請派一輛計程車到 ABC 公司來。

2 10分後に到着いたします。 車會在 10 分鐘後到達。

3 明日の朝10時にホリデーインまでタクシー1台お願いします。
請在明天早上 10 點派一輛計程車到假日酒店接我。

確認乘客叫車

4 タクシーを呼びましたか。
您有叫計程車嗎？

詢問招車地點

5 どこでタクシーが拾えますか。
我在哪裡可以招到計程車？

尋找計程車招呼站

6 タクシー乗り場はどこにありますか。ここはよく知らないんで。
計程車招呼站在哪裡？我對這裡不熟。

7 近くにタクシー乗り場ってありますか。 這附近有計程車招呼站嗎？

攔計程車

8 タクシー。 計程車！

詢問車費

9 空港までいくらですか。 到機場要多少錢？

照表收費

10 メーター通りに料金を計算します。 我們是照表收費的。

請乘客上車

11 どうぞお乗りください。
請上車。

要求打開
後車廂

12 後ろのトランクを開けてもらえますか。
麻煩打開後車廂好嗎？

請乘客繫
安全帶

13 後に座っているお客様もシートベルトの着用を義務付けられております。
坐後座的乘客都必須繫上安全帶。

問目的地

14 お客様、どちらまでですか。 客人，請問要去哪裡？

15 どちらまで行かれますか。 您要去哪裡？

詢問車程

16 ハイアットホテルに泊まってるんですけど、ここからはどれぐらいかかりますか。 我現在住在凱悅大飯店。從這裡出發要多久？

說明目的
地

17 明治神宮までお願いできますか。 可以送我們去明治神宮嗎？

18 皇居までお願いします。 請送我到皇居。

19 この住所の所までお願いします。
請送我去這個地址。（拿出地址給司機看。）

20 ここまでお願いします。 請到這個地方。（拿出地址給司機看。）

02 行車中、下車 🎧33

趕時間	**21** お昼までに空港に着かなければいけないんですけど、間に合いますか。
	我必須在中午之前趕到機場。可以趕到嗎？
	22 渋滞がなければ間に合うかもしれません。
	沒有塞車的話，我們應該可以及時趕到。

| 不趕時間 | **23** スピードを出しすぎないでください。 不要開太快。 |

| 要求轉彎 | **24** 手前の交差点を右に曲がってください。 前面路口右轉。 |

| 請乘客不要吸菸 | **25** お客様、申し訳ございませんが、車内は禁煙でございます。 |
| | 先生，對不起，車內禁菸。 |

| 堵車 | **26** 渋滞みたいですね。 噢，遇到堵車了。 |

| 要求走捷徑 | **27** 急いでいるんで、（近道でお願いします）。 |
| | 我趕時間，（請抄近路）。 |

| 單行道 | **28** ここは一方通行です。 這是單行道。 |

| 到目的地 | **29** ホテルに着きました。 旅館到了。 |

要求停車	**30** ここで止めてください。 請在這裡停車。
	31 ここで降ろしてください。公園まで歩いて行くんで。
	在這裡讓我下車。我自己走路去公園。
	32 次の交差点で降ります。 我要在下個十字路口下車。
	33 皇居前に止めてください。
	麻煩停在皇居前面。

70

34 申し訳ございませんが、ここは 車 を止めることはできません。皇居前
は 駐 車禁止なんで。 對不起，我不能在這裡停車，皇居前不准停車。

要求司機
等待

35 ちょっと待ってもらっていいですか。
你可以等我一下嗎？

下車時詢
問車費

36 おいくらになりますか。 我該付你多少錢？

37 いくらですか。 請問多少錢？

38 メーターに 表 示しています。 （車費）顯示在計費表上。

夜間加成

39 深夜 料 金は１割増になります。
夜間乘車要加一成。

不用找錢

40 お釣りは結構です。 不用找了。

© by Antti T. Nissinen

71

新幹線・電車・地下鉄に乗る
しんかんせん　でんしゃ　ちかてつ　　の

Part 6

搭乘新幹線、電車或地下鐵

駅 車站

ホーム 月台

レール 鐵軌

路線図 路線圖

案内表示板 發車時刻表

切符売り場 售票口

切符 車票

急行 快車

自動券売機 自動售票機

切符売り場 售票處

コインロッカー 置物櫃

車両 車廂

車掌 列車長

食堂車 餐車

1	でんしゃ の 電車に乗る	坐電車
2	きっぷ う ば 切符売り場	售票處
3	ざ せき よ やく 座席を予約する	訂位
4	うんちん 運賃	票價
5	かたみち 片道チケット	單程票
6	おうふく 往復チケット	來回票
7	はんけん 半券	票根
8	しんたいれっしゃ 寝台列車	臥鋪車
9	の か 乗り換える	換乘
10	しゃしゅ 車種	車種

©by Antonio Tajuelo

©by yisris

©by Brandon Daniel

通行禁止

●駅ホームへの
出入は改札口を
ご利用ください
駅長

11	急行列車 きゅうこうれっしゃ	急行車
12	普通列車 ふつうれっしゃ	慢車
13	満員 まんいん	客滿
14	路線 ろせん	鐵路線
15	払い戻し はら もど	退票
16	車両 しゃりょう	車廂
17	グリーン車 しゃ	頭等車廂
18	通路側の座席 つうろがわ ざせき	靠走道的座位
19	窓側の座席 まどがわ ざせき	靠窗的座位
20	近場の旅行 ちかば りょこう	短程旅行

会話（會話）

01 新幹線に乗る　在日本坐新幹線 🎧36

佐藤　おはようございます。大阪行きの新幹線の発車時間を教えてもらえますか。

駅員　はい。7時59分、9時18分と10時32分発のがございます。

佐藤　7時59分のなら何時に大阪に着くんですか。

駅員　9時36分でございます。

佐藤　すみませんが、夜7時くらいに帰りたいんですが、帰りの新幹線の時間もちょっと調べてもらえませんか。

駅員　夜の7時10分発と、その次は7時40分発がございます。

佐藤　うーん。往復チケットはいくらですか。

駅員　午後4時前か6時以降ご乗車の場合、8,000円の割安往復券がございますが、普通なら1万円になります。

佐藤　では、普通の往復券をください。

佐藤	早安。請告訴我去大阪的新幹線發車時間。
售票員	好的。7點59分、9點18分和10點32分各有一班。
佐藤	7點59分的新幹線幾點到達大阪？
售票員	9點36分。
佐藤	不好意思，我想在晚上7點左右回來。能否幫我查一下回程的新幹線的時間。
售票員	晚上7點10分有一班，再下一班是7點40分。
佐藤	嗯，來回票多少錢？
售票員	如果您在下午4點之前或6點之後上車，有票價為8,000日圓的優惠來回票。普通來回票要1萬日圓。
佐藤	請給我普通來回票。

⓶ 新幹線に乗る　在日本坐新幹線 ㊲

加藤	東京行きの新幹線は何時発ですか。
駅員	9時25分発が、12番線から発車いたします。
加藤	何時に着くんですか。
駅員	11時45分に着く予定です。
加藤	片道券はいくらですか。
駅員	5,000円でございます。

加藤	去東京的新幹線什麼時候開？
售票員	9點25分，在12號月台。
加藤	什麼時候抵達東京？
售票員	應該是11點45分到。
加藤	單程票多少錢一張？
售票員	5,000日圓。

如果你打算在日本短途旅行，建議搭乘火車。坐火車一方面可以避免煩瑣的安檢，另一方面空間也比較大，並且可以使用手機和筆記本電腦，有些車廂甚至安裝有電源插頭。此外，坐火車還可能比搭乘飛機便宜而且省時。

JR是日本鐵路公司，提供相當完善的服務。出發前你可以先上JR網站查看列車時刻表。

TRAIN TICKE

ONE WAY TICK

CLASS	ADULT	CHILD
STD	2	NIL

FROM ......

4 使える表現（常用表達）

01 尋找車站和詢問列車時刻 🎧38

尋找車站 ❶ こちらの最寄駅はどこですか。
請問離這裡最近的車站在哪裡？

尋找地鐵站 ❷ 最寄の地下鉄駅はどこですか。
請問離這裡最近的地鐵站在哪裡？

購票地點 ❸ 切符売り場はどこですか。　請問售票處在哪裡？
❹ ここで切符が買えますか。　我可以在這裡買票嗎？

售票機是否找零 ❺ 自動発券機はお釣りが出ますか。
自動售票機能找零嗎？

詢問訂票 ❻ 席の予約はできますか。　我可以訂位嗎？
❼ そちらなら予約する必要はございません。結構空きがございますので。
那班車不必訂位，因為還有滿多空位的。

該乘哪一班車 ❽ 京都まではどの電車に乗ればいいですか。
去京都應該乘哪一班車？
❾ 奈良まではこの電車ですか。　去奈良可以坐這班車嗎？

該乘哪一條路線 ❿ 銀座まではどれに乗ればいいですか。
請問到銀座該乘哪一條線？

轉車 ⓫ まず、山手線で上野駅まで乗って、それから銀座線にお乗換えください。
先搭山手線到上野站，再轉銀座線。

問停靠站	⑫ この電車は上野駅に止まりますか。 這班車會在上野站停嗎？

進站時間	⑬ この電車はいつ到着するんですか。 火車何時進站？

發車時間	⑭ 次の東京行きの電車は何時発ですか。 下一班到東京的車幾點開？ ⑮ 次の電車は何時発ですか。 下一班列車幾點開？ ⑯ 次は6時半に20番線から発車いたします。 下一班車6點半從20號月台開出。 ⑰ 8時半発と、9時40分発がございます。 有一班車8點半開，還有一班車9點40分開。 ⑱ 5分前に発車したばかりですので、次は10時半になります。 有一班車5分鐘前剛開走，下一班車10點半。

抵達時間	⑲ この電車は何時に東京に着きますか。 列車什麼時候到東京？ ⑳ 何時にそちらに着きますか。 幾點會到那裡？ ㉑ 11時50分を予定しております。 按照列車時刻表是11點50分到。 ㉒ お昼までに着く予定でございます。 中午前會到。

2014年 **11**月　東海道新幹線・山陽新幹線の時刻表							
東京 - 名古屋 - 新大阪 - 広島 - 博多 (4/43ページ)							

下り(博多方面)　上り(東京方面)

携帯へメール

< 前のページ　|　乗車駅の選択　▼　|　次のページ >

列車名	さくら	さくら	のぞみ	こだま	ひかり	のぞみ	さくら	こだま
号	547号	583号	99号	693号	495号	1号	407号	729号
車両形式	N700系	N700系	N700系		N700系	N700系	N700系	
運転日注意		◆						
運転曜日	毎日		毎日	毎日	毎日	毎日	毎日	毎日
東京						06:00		
品川			06:00			06:06 06:07		
新横浜			06:11 06:11			06:17 06:18		
小田原			↓			↓		

列車時刻表

㉓ 時刻表(じこくひょう)を見(み)せていただけますか。

我可以看一下時刻表嗎？

㉔ すみません。京都行(きょうとゆ)きの電車(でんしゃ)の発車時間(はっしゃじかん)を伺(うかが)いたいんですが。

對不起，我想請問一下去京都的列車時刻。

02 購票、選擇車種 (39)

買票

㉕ 大阪(おおさか)までのグリーン車片道券(しゃかたみちけん)を1枚(まい)お願(ねが)いします。

我想買一張到大阪的頭等單程票。

㉖ 大阪(おおさか)までの切符(きっぷ)を買(か)いたいんですが。

我想買一張到大阪的火車票。

㉗ 明日(あした)の往復(おうふく)チケットを2枚(まい)ください。禁煙席(きんえんせき)でお願(ねが)いします。

兩張明天的來回票，禁菸車廂的。

快慢車

㉘ それは急行(きゅうこう)ですか。　那是快車嗎？

㉙ 普通列車(ふつうれっしゃ)でございます。　這班是慢車。

㉚ 普通(ふつう)じゃなくて、急行(きゅうこう)でお願(ねが)いします。　我要搭快車，不要慢車。

臥鋪車

31 札幌までの寝台車券を 1 枚お願いします。　我要一張到札幌的臥鋪票。

32 東京までの寝台車券を 4 枚お願いします。
我要四張到東京的臥鋪票。

33 上の段でお願いします。　能給我一張上鋪票嗎？

34 下の段でお願いします。　我想要睡下鋪。

問路程遠近　**35** 遠いですか。　路程遠不遠？

詢問票價

36 運賃はいくらですか。　票價多少？

37 函館まではいくらかかりますか。　去函館的車票多少錢一張？

38 往復券はいくらですか。　來回票多少錢？

39 片道券は 10,000 円で、往復券は 15,000 円になります。
單程票價 10,000 日圓，來回票 15,000 日圓。

是否要換車　**40** 乗換の必要がありますか。　我需要換車嗎？

41 乗換の必要はございません。一本で行きます。
你不必轉車，這一班是直達快車。

在通過檢票口時，乘客通常只需將車票插入
驗票機，機器會自動驗票。搭乘火車途中，
則會有列車長一一驗票，請務必保留票根。

85

如果你要搭乘地鐵，所需的會話基本上和火車一樣。

有些地方的地鐵會發行一日票、三日券、七日券等，長時間待在某地的旅客也可以購買這類車票。

03 前往月台乘車 (40)

乘車月台

㊷ 東京(とうきょう)行(ゆ)きのホームはどこですか。
去東京在哪個月台乘車？

㊸ この電車(でんしゃ)は何番線(なんばんせん)から発車(はっしゃ)しますか。
這班電車從第幾月台開出？

㊹ 7番線(ばんせん)までお越(こ)しください。 請去7號月台。

㊺ 4番線(ばんせん)はどうやって行(い)けばいいですか。 4號月台要怎麼走？

㊻ 左手側(ひだりてがわ)の扉(とびら)から階段(かいだん)を下(お)りていただいたら4番線(ばんせん)になります。
穿過你左手邊的那道門，再下樓梯，那裡就是4號月台。

確認列車

㊼ この電車(でんしゃ)は広島(ひろしま)行(ゆ)きですか。 這班電車是到廣島的嗎？

㊽ この電車(でんしゃ)は広島(ひろしま)まで行(い)きますか。 這是去廣島的電車嗎？

錯過列車

㊾ 電車(でんしゃ)に乗(の)り遅(おく)れました。 我錯過電車了。

搭錯列車

㊿ 違(ちが)う電車(でんしゃ)に乗(の)ってしまいました。 我坐錯車了。

退票

(51) 切符(きっぷ)の払(はら)い戻(もど)しをお願(ねが)いします。 我想退票。

04 在火車上 🎧41

| 尋找座位 | 52 35W の座席はどちらですか。
請問座位 35W 在哪裡？ |

| 找洗手間 | 53 トイレはどこですか。 請問洗手間在哪裡？ |

| 驗票 | 54 切符を見せてください。 請出示車票。 |

| 補票 | 55 追加料金を払う必要がありますか。 我需要補票嗎？ |

| 詢問剩餘
站數 | 56 名古屋まであと何駅ですか。
請問到名古屋還有幾站？ |

| 尋找餐車 | 57 食堂車はありますか。 這班車上有餐車嗎？
58 食堂車は 7 両目でございます。 餐車在第七車廂。 |

| 預訂餐車座
位 | 59 食堂車の席の予約は必要ですか。
我需要預訂餐車的座位嗎？
60 今夜 6 時半、2 人の席でお願いします。
我想預訂今晚 6 點半，兩個人的位子。 |

| 下車尋找出
口 | 61 中華街は何番出口ですか。
請問往中華街的出口是哪一個？ |

レンタカー

Part 7

租　車

こくさいめんきょしょう
国際免許証
國際駕照

©by Richard-G

レンタカー 租車

りょうきん
レンタル料金 費用

しうんてん
試運転 試車

へんしゃ
（レンタカー）返車 歸還車子

こがたしゃ
小型車 小型車

ようたもくてきしゃ
SUV(スポーツ用多目的車)
多功能車

バン 廂型車

せいげんそくど
制限速度 限速

10 ©by Alex

<ruby>警<rt>けい</rt>察<rt>さつ</rt></ruby> 警察

11

<ruby>駐<rt>ちゅう</rt>車<rt>しゃ</rt></ruby>スペース 停車位

12

<ruby>駐<rt>ちゅう</rt>車<rt>しゃ</rt>場<rt>じょう</rt></ruby> 停車場

❶

單字

13

パーキングメーター 停車計費表

14 ©by David McKelvey

<ruby>一<rt>いっ</rt>方<rt>ぽう</rt>通<rt>つう</rt>行<rt>こう</rt></ruby> 單行道

15

ユーターン<ruby>禁<rt>きん</rt>止<rt>し</rt></ruby> 禁止回轉

16 ©by antjeverena

<ruby>地<rt>ち</rt>図<rt>ず</rt></ruby> 地圖

17

<ruby>傷<rt>きず</rt></ruby> 刮痕

18

くぼみ 凹痕

←•キーワード（關鍵字）• ㊸

#		
1	オートマ	自動排擋汽車
2	マニュアル	手動排擋汽車
3	保証金	保證金
4	レンタカー賃貸契約	租車合約
5	エンジンをかける	發動車子
6	保険	保險
7	全額保険	全額險
8	個人障害保険	個人意外險
9	携帯品保険	攜帶物品險
10	強制保険	強制險
11	盗難保険	竊盜險
12	車両損害保険	碰撞險（發生車禍導致汽車毀損時，可免除負擔賠償金）
13	点検	檢視車子是否有損毀
14	走行距離	里程數
15	道路工事中	道路施工
16	故障	發生故障
17	パンク	爆胎
18	行き止まり	此路不通

フロントガラス 擋風玻璃

サイドミラー 後照鏡

ワイパー 雨刷

エンジンフード
引擎車蓋

トランク 後車廂

ライト 車燈

タイヤ 輪胎

ナンバープレート 車牌

方向指示機 方向燈

ハンドル 方向盤

サイドブレーキ 手動剎車

メーター 儀表盤

クラクション 喇叭

ギア 排擋

排気管 排氣管

エンジン 引擎

バッテリー 電瓶

ジャンパ線 救車線

3 — 会話（會話）

❶ 車をレンタルしたいんですが。 我想租車。 🎧44

李	車をレンタルしたいんですが。
レンタル業者	運転免許証を見せていただけませんか。
李	国際免許です。どんな車がありますか。
レンタル業者	ホンダ、日産、それにトヨタがございますが、どの車種のどのモデルになさいますか。
李	それじゃこのベーシックタイプでお願いします。1日にいくらかかりますか。
レンタル業者	1日7,000円になります。保険をお付けしますか。
李	全額保険でお願いします。
レンタル業者	そうしましたら、1日1,000円追加になります。
李	返すときには、ガソリンを満タンにする必要がありますか。
レンタル業者	はい。お願いします。

李明	我想要租車。
租車行	請出示您的駕照好嗎？
李明	這是我的國際駕照。你們有什麼車？
租車行	我們有本田、日產和豐田的車，您想要哪一種？
李明	那我要這個基本款。租金一天多少？
租車行	一天7,000日圓。您要不要加保險？
李明	我要加全險。
租車行	那一天要多加1,000日圓。
李明	我還車的時候需要把油加滿嗎？
租車行	要，麻煩您了。

02 車の調子が悪いです。
車子開起來不太順。 🎧45

佐藤　この車ちょっと調子が悪いようです。ちょっと見てもらえませんか。

田中　どうしたんですか。

佐藤　よく分からないんですけど、タイヤがおかしいかもしれません。一旦止めますね。

田中　たいしたことじゃないんですけど、ただ右のタイヤに空気が足りないのかもしれません。

佐藤　車子開起來不大對勁，我想檢查一下。

田中　怎麼了？

佐藤　不清楚。有可能是輪胎出問題，我們先停一下。

田中　沒什麼大問題，只是右邊輪胎可能氣不足。

4 使える表現（常用表達）

01 租車 (46)

找租車處	❶ どこで 車 をレンタルできますか。 哪裡可以租車？

租車	❷ 車 をレンタルしたいんですけど。 我想要租車。
	❸ 小型車をレンタルしたいんですけど。 我要租一輛小型車。

租用時間	❹ どれぐらい借りられますか。 您要租多久？
	❺ 4日間です。 四天。

詢問車種	❻ どの車種のどのモデルがよろしいですか。 你要租哪個品牌、哪種車型？
	❼ どんな 車 がありますか。 你們有哪些車？
	❽ ミニバンってありますか。 你們有廂型車嗎？

自排或 手排	❾ マニュアルがよろしいですか、それともオートマがよろしいですか。 你要自排還是手排？

出示駕照	❿ 国際免許 証 を見せていただけませんか。 請出示您的國際駕照好嗎？

詢問租金	⓫ 1日いくらかかりますか。 一天的租金是多少？
	⓬ 1日の 料 金はいくらですか。 一天的租金是多少？
	⓭ 料 金 表 を見せてもらえますか。 有沒有價目表？

押金	⓮ 保 証 金はいくらですか。 押金要多少？
	⓯ 保 証 金は1万円になります。 需要 1 萬日圓的押金。

保險費	**16** ここには保険も含まれていますか。 這個價錢含保險費嗎？
全險	**17** 全額保険でお願いします。 我要保全險。
意外險	**18** 傷害保険をお願いします。 我要保意外險。
加滿油	**19** 返す時に満タンにする必要がありますか。 我還車時需要把油加滿嗎？

里程數限制	**20** 料金は走行距離と関係ないんですか。 開車里程數不計費嗎？ **21** 走行距離の制限ってありますか。 開車里程數有限制嗎？ **22** 走行距離の料金はどうやって計算されますか。 里程數怎麼收費？
還車地點	**23** 車はどこに返せばいいですか。 我應該在哪裡還車？ **24** 返車はこちらまでお願いします。 你必須把車開回這裡。 **25** どの支店にでも返車できますか。 我可以到你們任何一家分店還車嗎？ **26** できれば空港で返車したいんですが。 我想在機場還車。
要求看車	**27** まず車を見てみてもいいですか。 我可以先看看車嗎？
要求試車	**28** 借りる前にちょっと運転してみたいんです。 租車前，我想先試試車。
要求換車	**29** すみませんが、他を見てみてもいいですか。 不好意思，我可以看別的嗎？
還車	**30** 車を返します。レンタル契約書です。 我要還車，這是租車合約。
車子有刮痕	**31** ドアにちょっと傷がございますね。 車門上有一道刮痕。 **32** 借りる前からあったんですよ。 我租車的時候就有了。

95

©by Michael Coghlan

02 開車上路 (47)

尋找停車場	**33** 近くに駐車場はありませんか。	附近有停車場嗎？
	34 車をここに止めてもいいですか。	我可以把車停在這裡嗎？
靠左行駛	**35** 左側通行をしなければいけません。	我們必須靠左行駛。
詢問限速	**36** 街中の制限速度は何キロですか。	市區限速是多少？
確認路線	**37** この道で合ってますよね。	你確定我們沒走錯路？
	38 他の道はありますか。	還有別的路嗎？
單行道	**39** この道は一方通行です。	這是單行道。

03 汽車故障 🎧 48

覺得倒楣	**40** ついてないなぁ！真倒楣！
車有問題	**41** 車<ruby>くるま</ruby> どうしたの？ 車子怎麼了？
車子發出怪聲	**42** 車から変な音がしますよ。 車子發出奇怪的聲音。
剎車失靈	**43** ブレーキがあまり利かないですね。 剎車不太靈光。
	44 ブレーキにちょっと問題があります。 剎車有點問題。
輪胎沒氣	**45** タイヤがパンクしました。 輪胎爆胎了。
電瓶沒電	**46** バッテリーがきれたんです。 電瓶沒電了。
無法發動	**47** この 車 はエンジンがかかりにくいです。 這部車子不好發動。
發動機問題	**48** エンジンにちょっと問題があるかもしれません。 可能是引擎（出問題了）。
車子拋錨	**49** 車 が故障しました。 我的車拋錨了。
請求拖車	**50** ちょっと牽引をお願いできませんか。 請派人來拖車好嗎？

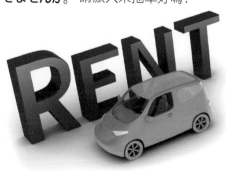

道を尋ねる
みち たず

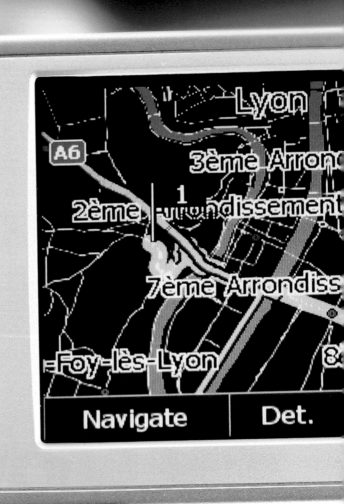

Part 8

問　　路

ランドマーク 地標

道に迷う 迷路

方向 方向

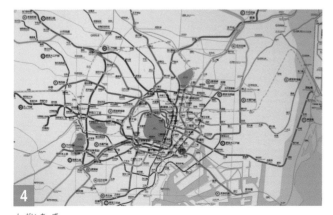

市街地図 市區地圖

信号 紅綠燈

ブロック 街區

<ruby>角<rt>かど</rt></ruby> 轉角

❶ 單字

<ruby>道<rt>みち</rt></ruby>を<ruby>渡<rt>わた</rt></ruby>る 過馬路

<ruby>公衆<rt>こうしゅう</rt></ruby> トイレ 公共廁所

<ruby>左<rt>ひだり</rt></ruby>（<ruby>側<rt>がわ</rt></ruby>）
（在你的）左手邊

<ruby>右<rt>みぎ</rt></ruby>（<ruby>側<rt>がわ</rt></ruby>）
（在你的）右手邊

まっすぐ 直行

01 ○○までどうやって行けばいいですか。

請問去……（怎麼走）？ 🎧50

黄 すみません。スターホテルまではどうやって行けばいいですか。

田中 大通りをまっすぐ行けばいいですよ。

黄 ここから何分ぐらいかかりますか。

田中 歩いて 5 分程度ですよ。

黄 どうもありがとうございました。

田中 いいえ。

佐藤 不好意思，請問星星飯店怎麼走？

田中 喔，沿著大馬路直走，就可以找到。

佐藤 到那裡大概要多久？

田中 只要走 5 分鐘左右。

佐藤 非常感謝。

田中 不用客氣。

02 ちょっと道に迷っちゃって。我迷路了。 51

黄 おはようございます。スターホテルに行きたいんですけど、ちょっと道に迷っちゃって。

田中 どのエリアにあるか分かりますか。

黄 すみません、私もよく分からないんです。ここは初めてなんで。

田中 そうですか。じゃ、ホテルの近くに何か目印になるものってありますか。

黄 あ、はい。なんか中央駅に近いって友達から聞きました。

田中 そしたら、中央駅行きのバスに乗ればいいですよ。

黄 中央駅はこの地図のどこにあるかちょっと教えてもらえませんか。

田中 いいですよ。

佐藤 早安。我迷路了，我要去星星大飯店。

田中 你知道是在哪一個地區嗎？

佐藤 對不起，我不知道，我第一次來這裡。

田中 這樣啊。嗯，那你知道飯店附近有什麼地標嗎？

佐藤 哦，知道，我朋友說是在中央站附近。

田中 那你需要坐公車到中央站。

佐藤 可不可以請你告訴我，中央站在地圖上的什麼地方呢？

田中 可以啊。

3 ・使える表現（常用表達）

01 問路與報路 🎧52

請求幫助	❶ すみません。ちょっと教えてもらえませんか。	
	對不起，可不可以請您幫個忙？	

迷路	❷ 道に迷いました。 我迷路了。	
	❸ 道に迷っちゃって。 我迷路了。	

詢問目前 所在位置	❹ ここは何という道ですか。 這裡是什麼街？	
	❺ 今は地図のどこですか。 我們在地圖上的哪個位置？	

問路	❻ 電車の駅はどこにありますか。 請問車站在哪裡？	
	❼ ヒルトンホテルを探しているんですけど。 我想找希爾頓飯店。	
	❽ 動物園までどうやって行けばいいですか。 請問去動物園怎麼走？	
	❾ そこまではどうやって行けますか。 怎麼才可以到那裡？	
	❿ すみません。スーパーを探しているんですけど、近くにありませんか。	
	對不起，我在找超市，這附近有嗎？	

對方不知 道路	⓫ すみません。ちょっと分かりません。 我也不知道。	
	⓬ 僕もこの辺あまり知らないんで。 我對這裡也不熟。	

過馬路就 找得到	⓭ 道を渡ると学校がありますよ。 穿過馬路，你就會看到學校。	
	⓮ ここから道を渡ればいいですよ。 從這裡過馬路就是了。	

<u>地図</u> 地圖

沿著路走

⓯ この道を 逆 戻りして 3 分くらい 歩くと公園があります。

你沿這條路往回走大約 3 分鐘，就可以找到公園。

⓰ この道をまっすぐ行くとホテルがありますよ。

沿這條路往前走，你就可以找到那家旅館。

走到底

⓱ 突き当りまでまっすぐ行ってください。 一直走到底。

⓲ この道の突き当りまで行ってください。 這條路走到底。

轉彎

⓳ 一番最初の交差点を 左 に曲がって、 左 側の二番目のビルです。

在第一個路口左轉，左邊第二棟大樓就是了。

走過街區

⓴ そちらをまっすぐ行って、三番目の交差点を右に曲がってください。

往那裡走經過三條街，然後向右轉。

㉑ この先の二番目の交差点を越えたらすぐですよ。

過了前面兩個十字路口就可以看到了。

在轉角處

㉒ ううん、えっと。あ、そうだ、確か角にあったと思います。

嗯，讓我想想看。喔，對了，就在轉角的地方。

02 看地圖、地址：說明公車路線 〔53〕

畫地圖	**23** ちょっと地図を描いてもらえませんか。 你能畫張地圖給我嗎？
	24 ちょっと描いていただけますか。 你幫我標明一下好嗎？
尋找地標	**25** 何か目印になるものはありませんか。 有什麼地標嗎？
	26 何か分かりやすい目印ってありませんか。 有什麼明顯的地標嗎？
對方幫忙看地址	**27** ちょっと住所を見せてもらっていいですか。 地址給我看一下好嗎？
帶路	**28** ご案内しますよ。 讓我帶你去吧。
	29 ちょうどそちらに行くので、一緒に行きましょう。 我正好要去那裡，我幫你帶路。
詢問路程	**30** 10分で行けますか。 我們10分鐘內到得了那裡嗎？

31 ここから郵便局までどれぐらいかかりますか。 這裡離郵局多遠？

32 そちらまでどれぐらいかかるんですか。 我到那裡要多久？

走路是否能到	33 ホテルまで歩いて行けますか。 走路到得了飯店嗎？
詢問方向	34 病院はどの方向ですか。 去醫院要往哪個方向走？ 35 この方向ですか。 這個方向對嗎？
確認路線	36 ヒルトンホテルはこの道ですか。 這是去希爾頓飯店的路嗎？ 37 この道ですか、それともあの道ですか。 我應該走這條路，還是那條路？
詢問公車路線	38 このバスは浅草まで行きますか。 這班公車能到淺草嗎？ 39 このバスはスターホテルまで行けますか。 這班公車到星星飯店嗎？ 40 このバスは東京駅行きです。 這班公車往東京車站。
該坐哪一路公車	41 浅草まで行きたいんですけど、どのバスに乗ればいいですか。 我想去淺草，應該坐哪一路公車？ 42 37番か49番のバスに乗ればいいですよ。 坐 37 路或 49 路公車。
帶路去坐公車	43 ちょうど私もバス停の方向に行くんで、ついてきてください。 跟著我走，我要去的正好和公車站是同一個方向。
尋找公廁	44 この近くに公衆トイレはありませんか。 這附近有公共廁所嗎？

ガソリンスタンド

Part 9

加 油 站

ガソリンスタンド 加油站

燃料計 油表
_{ねんりょうけい}

ガス欠 沒油了
_{けつ}

レギュラー 普通汽油（92 無鉛）

無鉛ガソリン 無鉛汽油
_む _{えん}

ハイオク 高級汽油（98 無鉛）

軽油 柴油
_{けい} _ゆ

給油ポンプ 加油機
_{きゅう} _ゆ

ノズル 油槍

11 給油口 <small>きゅう ゆ こう</small> 油箱門

12 キャップ 油箱蓋

10 燃料 <small>ねんりょう</small> タンク 油箱

Self
セルフ
サービス

セルフサービス
自助式加油站

* フルサービス
　有站務員幫你加油的加油站

13 ©by Masayuki (Yuki) Kawagishi

レギュラー 162
ハイオク 175
軽油 138

14 オイル 機油

15 L（リットル） 公升

01 フルサービスのガソリンスタンドで 請站務員加油 （55）

佐藤（さとう）	ガス欠（けつ）になりそうだけど、近（ちか）くのガソリンスタンドまであとどれぐらい？
田中（たなか）	あと数（すう）キロで着（つ）くよ。

［五分後（ごふんご）］

佐藤（さとう）	満（まん）タンでお願（ねが）いします。
スタッフ	ガソリンの種類（しゅるい）はどうなさいますか。
佐藤（さとう）	レギュラーで。
スタッフ	かしこまりました。
佐藤（さとう）	いくらですか。
スタッフ	6,000円（えん）になります。

佐藤	我們快沒油了，最近的加油站還有多遠？
田中	再開幾公里就到了。

〔五分鐘後〕

佐藤	請加滿。
站務員	要加哪一種油？
佐藤	普通汽油（92 無鉛）。*
站務員	好的。
佐藤	多少錢？
站務員	總共 6,000 日圓。

* 日本目前皆為無鉛汽油，レギュラー約同台灣的「92 無鉛」；ハイオク約同「98 無鉛」。

02 セルフサービス 在自助加油站 🎧 56

佐藤 すみません。ちょっとガソリンの入れ方を教えてもらえませんか。

田中 いいですよ。まずはクレジットカードをそこの機械に入れて、次はガソリンの種類を選んでください。

佐藤 そのあとは。

田中 まずノズルを給油口に入れてですね。あ、ちょっと重たいから気をつけてくださいね。次はポンプのボタンを押すと、ガソリンが自動的に流れて来るから、ハンドルの引き金を引くと給油できますよ。満タンになると、自動的に止まりますから。

佐藤 難しくなさそうですね。ありがとうございます。

佐藤 不好意思，你可不可以教我怎麼加油？

田中 可以啊。先刷卡並選擇你要哪一種油。

佐藤 然後呢？

田中 然後將油槍嘴插入車子的油箱，小心點，有點重。現在按下加油機上的按鈕，油會開始流出來，把油槍握把上面的扳機壓住，就可以加油了。油一加滿，機器會自動停止加油。

佐藤 好像不會太難，謝謝！

(57)

車子快沒油	❶ 車がガス欠*になりそうです。 我的車子快沒油了。
	❷ ガス欠になりました。 油箱裡沒油了。
詢問加油站地點	❸ 近くにガソリンスタンドはありませんか。 這附近有加油站嗎？
	❹ 最寄のガソリンスタンドまであとどれぐらいですか。 離這裡最近的加油站有多遠？
加哪種油	❺ ガソリンの種類はどうなさいますか。 您要哪一種汽油？
	❻ レギュラーでお願いします。 加普通汽油（92 無鉛）。
	❼ 軽油でお願いします。 加柴油。
加多少油	❽ どれぐらい入れましょうか。 要加多少汽油？
	❾ レギュラーを 10 リットルお願いします。 請加 10 公升的普通汽油（92 無鉛）。
加滿	❿ レギュラーを満タンでお願いします。 請加滿普通汽油（92 無鉛）。
	⓫ 満タンにしてください。 請你把油加滿。
加機油	⓬ ハイオクで。あと、オイルのチェックもお願いします。 請加滿高級汽油（98 無鉛），再檢查一下機油。
	⓭ オイルを入れましょうか。 要加機油嗎？
水箱加水	⓮ オイルは大丈夫ですけど、水がちょっと足りないですね。 我有足夠的機油，但水不夠。

*ガス欠：因為美國常叫汽油為ガス（gas），所以「沒油」就稱「ガス欠」。

ハンドル 把手

ノズル 油槍嘴

レバー 加油扳機

ホース 油槍管

檢查胎壓 ⓯ タイヤの空気圧のチェックをお願いできますか。 請幫我檢查一下胎壓。

詢問油價 ⓰ 1リットルでいくらですか。 一公升多少錢？

⓱ 全部でいくらですか。 一共多少錢？

如何付款 ⓲ 先払いですか、後払いですか。
我要先付錢還是後付錢？

自助式加油 ⓳ 3番機は 6,000円でお願いします。 三號機請加 6,000 日圓。

詢問如何自助加油 ⓴ どうやって給油するんですか。
要怎麼加油？

㉑ 給油の仕方を教えてもらえませんか。
可以告訴我怎麼加油嗎？

何處付款 ㉒ 支払いはどこですか。 我要到哪裡付錢？

ホテルにチェックイン

Part 10

飯 店 辦 理 住 房

1 フロント 服務台

2 ロビー 大廳

3 ベル 服務鈴

4 チェックイン 辦理住宿登記　　**5** チェックアウト 退房

6 シングルルーム 單人房

7 ダブルルーム 雙人大床房

❶
單
字

ツインルーム 雙人房（兩張單人床）

お風呂 衛浴設備

エレベーター 電梯

鍵 鑰匙

カードキー 房卡

朝食 早餐

シャトルバス 接駁車

プール 遊泳池

ビュッフェ 自助餐廳

ジム 健身房

温泉 温泉
<ruby>温泉<rt>おんせん</rt></ruby>

バー 酒吧

2 ‣キーワード（關鍵字）🎧59

#		
1	よやく 予約	預約
2	あ 空き	空房
3	トリプルルーム	三人間
4	スイートルーム	豪華客房
5	しゅくはくだい 宿泊代	住宿費
6	デポジット	預付金
7	わりびき 割引	折扣
8	しゅくはくしゃとうろくひょう 宿泊者登録票	登記住宿卡
9	きちょうひん 貴重品	貴重物品
10	ベルボーイ	大廳服務員（負責提行李、開房門）
11	ドアマン	門房（負責開關飯店門和計程車門）
12	きゃくしつせいそうがかり 客室清掃係	房間打掃人員
13	テニスコート	網球場
14	カフェ	咖啡廳
15	かいぎしつ 会議室	會議廳
16	ひじょうぐち 非常口	安全門
17	モーニングコール	叫醒服務
18	チップ	小費

3 → 会話（會話）

かい わ

01 チェックインをお願いします。

ねが

我要辦住宿登記。(已預訂住宿) 🎧60

受付 うけつけ	いらっしゃいませ。こんにちは。
佐藤 さとう	こんにちは。部屋を予約しているんですけど、チェックインをお願いします。 へや　よやく　　　　　　　　　　　　　　ねが
受付 うけつけ	お名前をお願いします。 な まえ　ねが
佐藤 さとう	佐藤たけるです。 さ とう
受付 うけつけ	はい。ダブルルームを 2 泊でよろしいでしょうか。 はく
佐藤 さとう	そうです。
受付 うけつけ	こちらの登録票にご記入いただけますか。 とうろくひょう　　き にゅう
佐藤 さとう	分かりました。 わ

服務台	您好，歡迎光臨。
佐藤	你好。我訂了房間，現在想辦理住宿登記。
服務台	請問尊姓大名是？
佐藤	佐藤健。
服務台	喔，有。一間大床房住兩晚，對嗎？
佐藤	對。
服務台	請填寫這張登記卡好嗎？
佐藤	沒問題。

122

ⓒ2 空いている部屋はありますか。

目前有空房嗎?（臨時住宿）〔61〕

田中　空いている部屋はありますか。

受付　はい。どんな部屋をご希望でしょうか。

田中　シングルで。

受付　海が見える部屋がございますが。

田中　いくらですか。

受付　一晩1万円になります。

田中　じゃ、そちらでお願いします。

田中　請問目前有空房間嗎?

服務台　當然。您想要什麼樣的客房?

田中　單人房。

服務台　我們有一間可以俯瞰海景的房間。

田中　房價是多少?

服務台　一天1萬日圓。

田中　好，我就要那間。

海が一望できる客室

01 訂房（未預訂）🎧62

未先訂房	❶ 予約はしていないんですけど。	我沒有先訂房。

預訂旅館	❷ ダブルルームを予約できますか。	我可以訂一間大床房間嗎？
	❸ 今晩まだ空いている部屋はありますか。	今晚還有空房嗎？
	❹ 明日の部屋を予約したいんですけど。	我要預訂明天的房間。

訂雙人房	❺ 今晩ダブルルームはまだありますか。	今晚還有大床房嗎？

訂單人房	❻ シングルルームを予約したいんですが。	我想預訂一間單人房。

有浴室的房間	❼ お風呂付の部屋をご用意できますが。
	我可以為您準備一間附有浴室的房間。

景觀房	❽ 景色の良い部屋でお願いします。	我想要景觀好的房間。
	❾ そちらの部屋では海が綺麗に見えますよ。	在那裡可以看到美麗的海景。

房間升級	❿ デラックスルームをご用意いたします。追加料金はございません。
	我們會給您一間豪華客房，不額外收費。

旅館客滿	⓫ 大変申し訳ございませんが、ただいま満室でございます。
	抱歉，現在客滿了。
	⓬ 大変申し訳ございませんが、すでに全室満室となっております。
	對不起，我們這裡已經客滿了。

住宿費用　⓭ 一晩いくらですか。 住一晚多少錢？

⓮ 宿泊代はいくらですか。 住宿費用是多少？

⓯ ツインルームはいくらですか。 雙人房要多少錢？

是否含稅　⓰ 税金とサービス料込みですか。 這個價錢含稅和服務費嗎？

住宿時間　⓱ いつお越しになりますか。 您什麼時候來住？

⓲ どれぐらいお泊りになりますか。 您打算在這裡住多久？

便宜房間　⓳ もうちょっと安い部屋はありませんか。 有沒有便宜一點的房間？

要求折扣　⓴ 3泊だと何か割引ってありませんか。 住三晚有沒有折扣？

要求看房間　㉑ まずちょっと部屋を見てみてもいいですか。我可以先看看房間嗎？

決定房間　㉒ この部屋にします。 我要這間房。

❷ 登記住宿（已預約）　🎧63

已先訂房　㉓ 予約しているんですけど。 我有預約住房。

辦理住宿
登記
㉔ チェックインをお願いします。 我要辦理住宿登記。

㉕ 予約しているんですけど、チェックインをお願いします。
我有預訂，想辦理住宿登記。

| 詢問資料 | 26 すみません。お名前をお願いします。 | 不好意思，請問您的尊姓大名。 |
| | 27 お名前のスペルを教えていただけませんか。 | 請問您的姓名怎麼拼？ |

| 填寫表格 | 28 こちらの登録票にご記入ください。 | 請填寫這張登記表。 |

飯店早餐	29 朝食付きですか。	有附早餐嗎？
	30 朝食は何時からですか。	早餐幾點供應？
	31 朝食はどこで食べるんですか。	早餐要在哪裡吃？

| 使用保險箱 | 32 貴重品を預かってもらえませんか。 |
| | 幫我保管貴重物品好嗎？ |

| 退房時間 | 33 チェックアウトは何時ですか。 | 什麼時候要退房？ |

| 房間鑰匙 | 34 こちらがお部屋の鍵でございます。 | 這是您的房間鑰匙。 |

| 房間樓層 | 35 部屋は何階ですか。 | 房間在幾樓？ |
| | 36 部屋は３階ですか。 | 房間在三樓嗎？ |

大廳服務員提行李	37 ベルボーイがお荷物をお部屋までお持ちいたします。
	服務員會來幫您提行李，並帶你去房間的。
	38 大丈夫です。自分で持って行きます。
	不用麻煩了，我自己拿就好了。

| 電梯位置 | 39 すみません。エレベーターはどこですか。 | 不好意思，請問電梯在哪裡？ |

| 外出回來索取鑰匙 | 40 704号室の鍵をください。 |
| | 請給我704號房的鑰匙。 |

03 退房 🎧64

退房	41 チェックアウトをお願_{ねが}いします。 我要退房。
	42 チェックアウトをしたいんですけど。 我要退房。
延遲退房	43 少_{すこ}し遅_{おそ}めにチェックアウトしても大丈夫_{だいじょうぶ}ですか。

41 チェックアウトをお願いします。　我要退房。

42 チェックアウトをしたいんですけど。　我要退房。

延遲退房

43 少し遅めにチェックアウトしても大丈夫ですか。
　我可以晚一點退房嗎？

是否使用迷你吧檯

44 ミニバーはお使いになりましたか。　您有使用迷你飲料吧嗎？

45 使っていません。　我沒有使用。

付款方式

46 お支払いのほうはどうなさいますか。　您打算如何付款？

47 どのように支払われますか。　您的付款方式是哪種？

要求查看帳單

48 ちょっと明細書を見せてもらえませんか。　我可以看一下帳單嗎？

49 これは何の金額ですか。　這筆費用是什麼？

領取貴重物品

50 貴重品を取りに来ました。
　我要領取我寄放的貴重物品。

請求保管行李

51 午後3時まで荷物を預かってもらえませんか。
　你能幫我保管行李到下午3點嗎？

ルームサービス

Part 11

客 房 服 務

1 エアコン 空調

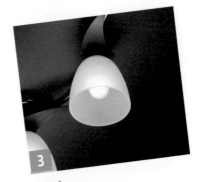

3 電球 燈泡
でんきゅう

2 ライト 電燈

4 金庫 保險箱
きんこ

5 冷蔵庫・ミニバー 小冰箱；迷你飲料吧
れいぞうこ

6 ドアチェーン／ドアラッチ 門鎖

7 電気ケトル 電熱水壺
でんき

リモコン 遙控器

ドライヤー 吹風機

_{もう ふ}
毛布 毛毯

コンセント 插座

タオル 毛巾

トイレットペーパー 衛生紙

_{まくら}
枕 枕頭

15 シャワー 淋浴間，蓮蓬頭

16 蛇口 <ruby>蛇口<rt>じゃぐち</rt></ruby> 水龍頭

17 浴槽 <ruby>浴槽<rt>よくそう</rt></ruby> 浴缸

18 バスマット 浴室地墊

19 便器 <ruby>便器<rt>べんき</rt></ruby> 馬桶

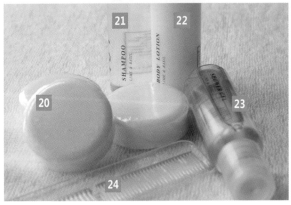

20 石鹸 <ruby>石鹸<rt>せっけん</rt></ruby> 肥皂

21 シャンプー 洗髮精

22 ボディーローション 身體乳液

23 ボディーソープ 沐浴乳

24 櫛 <ruby>櫛<rt>くし</rt></ruby> 梳子

2 ・キーワード（關鍵字） 66

1	ルームサービス	客房服務
2	アラーム	鬧鐘
3	<ruby>暖房<rt>だんぼう</rt></ruby>	暖氣
4	バッテリー	電池
5	シーツ	床單
6	ジャグジー	按摩浴缸
7	<ruby>風呂<rt>ふ ろ</rt></ruby>の<ruby>栓<rt>せん</rt></ruby>	浴缸塞子
8	<ruby>有料映画<rt>ゆうりょうえい が</rt></ruby>	付費電影
9	ランドリー	送洗衣物
10	<ruby>内線電話<rt>ないせんでん わ</rt></ruby>	內線電話
11	<ruby>外線電話<rt>がいせんでん わ</rt></ruby>	外線電話
12	<ruby>市外通話<rt>し がいつう わ</rt></ruby>	長途電話
13	<ruby>国際電話<rt>こくさいでん わ</rt></ruby>	國際電話
14	<ruby>起<rt>お</rt></ruby>こさないでください	請勿打擾（告示牌）
15	<ruby>掃除<rt>そう じ</rt></ruby>してください	請打掃房間（告示牌）

PLEASE MAKE UP
ROOM NOW
PRIÈRE DE FAIRE
LA CHAMBRE DE SUITE
POR FAVOR, ARREGLE
LA HABITACIÓN AHORA
BITTE ZIMMER
AUFRÄUMEN

DO NOT
DISTURB
NO MOLESTE
PRIÈRE DE NE
PAS DÉRANGER
BITTE NICHT
STÖREN

3 ── 会話（會話）

01 ○○が壊れています。

我房間裡的……壞了。 🎧67

佐藤	すみません。フロントですか。
受付	はい。フロントでございます。
佐藤	705号室なんですけど、エアコンがちょっと使えないんです。
受付	はい。すぐお伺いいたします。少々お待ちください。
佐藤	あと、タオルをもう2枚ください。
受付	かしこまりました。すぐお持ちいたします。
佐藤	ありがとうございます。

佐藤	不好意思，服務台嗎？
服務台	是的。這裡是服務台。
佐藤	這裡是705號房，我房間的空調壞了。
服務台	好，我馬上派人去處理，請稍等。
佐藤	還有，可以再給我兩條毛巾嗎？
服務台	沒問題，我們一會兒就幫您送去。
佐藤	謝謝。

❷ モーニングコール 晨喚服務 🎧68

受付 (うけつけ)	はい。フロントでございます。
田中 (たなか)	320 号室(ごうしつ)なんですけど、明日(あした)の朝(あさ)、モーニングコールお願(ねが)いできますか。
受付 (うけつけ)	はい。何時(なんじ)がよろしいでしょうか。
田中 (たなか)	7 時(じ)でお願(ねが)いします。
受付 (うけつけ)	7 時(じ)ですね。かしこまりました。
田中 (たなか)	ありがとうございます。

服務台	您好，這裡是服務台。
田中	我的房間號碼是 320。明天早上可以叫我起床嗎？
服務台	好的。請問您希望幾點起床？
田中	7 點。
服務台	7 點是嗎，明白了。
田中	謝謝。

4 使える表現（常用表達）

01 索取物品及設備維修 🎧69

客房服務	**1** ルームサービスでございます。	這裡是客房服務部。
告知房號	**2** こちらは 608 号室です。	這裡是 608 號房。
	3 私の部屋は 512 号室です。	我的房間是 512 號房。
遇到問題	**4** ちょっとトラブルがあります。	我遇到一點問題。
	5 ちょっと何とかしてほしいトラブルがあるんですが。	我有一個問題需要解決。
索取毛巾	**6** タオルもう 2 枚もらえませんか。	請問可以再給我兩條毛巾嗎？
索取毛毯	**7** 毛布をもう 1 枚もらえますか。	可以再給我一條毛毯嗎？
索取礦泉水	**8** 部屋にミネラルウォーターはありますか。	房間裡有沒有提供礦泉水？
索取吹風機	**9** ドライヤーってありますか。	你們提供吹風機嗎？
衛生紙用完	**10** トイレットペーパーがなくなっているんですけど。	洗手間裡沒有衛生紙了。
缺肥皂	**11** 石鹸がないんですが。	浴室裡沒有肥皂。
缺洗髮精	**12** シャンプーがないんですが。	浴室裡沒有洗髮精。
沒有毛巾	**13** 部屋にタオルがないんですけど。	我房裡沒有毛巾。

<ruby>客<rt>きゃく</rt></ruby><ruby>室<rt>しつ</rt></ruby><ruby>清<rt>せい</rt></ruby><ruby>掃<rt>そう</rt></ruby><ruby>係<rt>がかり</rt></ruby> 客房服務生

請人送物品過來	⓮ ちょっと持ってきてもらえませんか。 你可以幫我送過來嗎？
沒有熱水	⓯ お風呂のお湯が出ないんですけど。 我的房間裡沒熱水。
	⓰ お湯が熱くないんですけど。 水不夠熱。
空調壞了	⓱ 部屋の暖房が壊れています。 我房間裡的暖氣壞了。
	⓲ エアコンが使えないんですけど。 空調不能用。
中央空調太冷	⓳ 部屋が寒すぎます。 房間太冷了。
門不能鎖	⓴ 鍵がかからないんですけど。 我的門鎖不起來。
電燈壞了	㉑ 部屋の電気が壊れています。 我房間的燈壞掉了。
	㉒ 電球が壊れています。 燈泡壞了。
馬桶壞了	㉓ 便器の水が流れないんですけど。 馬桶沖不了水。
電話不通	㉔ 電話が使えないんですけど。 電話不能用。

137

修理	25 ちょっと見に来てもらえますか。 麻煩你們來看一下好嗎？
	26 直せますか。 你能修好嗎？
	27 すぐ手配いたします。 我馬上處理這件事。

02 使用設備與其他客房問題 🎧70

保險箱如何使用	28 部屋の金庫はどうやって使いますか。 房間裡的保險箱怎麼用？
房間太吵	29 この部屋はうるさすぎてなかなか眠れないんですけど、もうちょっと静かな部屋に換えてもらえませんか。 這個房間太吵了，我睡不著。可以幫我換到安靜一點的房間嗎？
打電話	30 内線電話はどうやってかけるんですか。 請問怎麼撥內線？
	31 外線電話はどうやってかけるんですか。 請問怎麼撥外線？
	32 台北までの国際電話をかけたいんですけど。 我想打國際電話到台北。
使用網路	33 お部屋でインターネットはできますか。 房間裡可以上網嗎？
	34 はい、全室インターネットの接続は可能です。 可以，所有客房均可上網。
忘了帶鑰匙	35 鍵を部屋に置いてきてしまったんです。ちょっとドアを開けてもらえませんか。 我把鑰匙留在房間裡了，你能不能幫我開門？
叫醒服務	36 明日の朝7時にモーニングコールをお願いします。 請明天早上7點叫我起床。

房裡用餐	37	部屋で食事したいんですが。 我們想在房裡用餐。
	38	何になさいますか。 請問您要點些什麼？
	39	615号室なんですが、コンチネンタルブレックファストを2人前、部屋までお願いします。
		請送兩份歐式早餐到615號房。

衣物送洗	40	ランドリーサービスってありますか。 你們有衣物送洗的服務嗎？
	41	洗濯物を取りに来てもらえませんか。 能請你們來收我的送洗衣物嗎？
	42	いつ戻ってきますか。 我什麼時候可以拿回來？

代收傳真	43	ちょっとファックスを受け取ってもらえませんか。
		你們可以幫我收傳真嗎？
	44	ホテルにファックスを送ってもいいですか。
		我可以（請他們）傳真到飯店裡來嗎？

| 代寄信件 | 45 | この手紙を出してもらえませんか。 你可以幫我寄這封信嗎？ |

| 使用遊泳池 | 46 | プールは無料で使えますか。 |
| | | 遊泳池可以免費使用嗎？ |

| 各種服務費用 | 47 | 宿泊代につけておいてください。 |
| | | 請把費用算在我的住宿費裡。 |

當飯店服務人員幫你提行李或送餐點到房間時，你可以先在門邊問「どちら様でしょうか？（哪一位？）」確認之後再開門。服務人員離開時，你應該禮貌性地說聲「ありがとうございました」。

レストランで

Part 12

在 餐 廳

レストラン 餐廳

ウェイター 服務員

メニュー 菜單

注文 點餐
ちゅうもん

寿司 壽司
すし

味噌汁 味噌湯
みそしる

サラダ 沙拉

鰻丼 烤鰻魚蓋飯
うなどん

刺身 生魚片
さしみ

❶
單
字

デザート 甜點

飲(の)み物(もの) 飲料

ステーキ 牛排

ドレッシング 沙拉醬

ラーメン 拉麵

15 白(しろ)ワイン 白葡萄酒 16 赤(あか)ワイン 紅酒

17 スプーン 湯匙

18 ナイフ 刀子

19 フォーク 叉子

20

ナプキン 餐巾

21

グリル（在烤架上）燒烤

22

ロースト（用烤箱）烘烤

23

シチュー 燜；燉

24

ボイル 水煮

25

フライ 油炸

144

2 → キーワード（關鍵字） 🎧 72

1	ドレスコード	服裝要求
2	レシート	帳單
3	ご当地名物	當地特產
4	セット	套餐
5	味噌汁	味噌湯
6	シーザーサラダ	凱撒沙拉
7	シーフード	海鮮
8	牛肉	牛肉
9	豚肉	豬肉
10	ラム肉	羊肉
11	刺身	生魚片
12	海老	蝦
13	タコ焼き	章魚丸子
14	ロブスター／イセエビ	龍蝦
15	蟹	螃蟹
16	寿司	壽司
17	ラーメン	拉麵
18	ベジタリアン	素食
19	辛い	辣的
20	塩辛い	鹹的
21	脂っこい	油的
22	味が薄い	淡的
23	生	生的
24	レア	三分熟的
25	ミディアム	五分熟的
26	ミディアムウェルダン	七分熟的
27	ウェルダン	全熟的

01 2人用の席を予約したいんですが。
_{ふたりよう せき よやく}

我想預訂一張雙人桌。 73

佐藤	2人用の席を予約したいんですが。
受付	はい。お時間は何時がよろしいでしょうか。
佐藤	夜8時半くらいです。
受付	はい。では、お名前をお願いします。
佐藤	佐藤たけるです。
受付	はい。佐藤様ですね。お席のほうは10分間保留いたしますので、8時40分までにご来店ください。

佐藤	我想訂一張雙人桌。
服務台	好，想訂幾點的？
佐藤	晚上8點30分左右。
服務台	好。請問您尊姓大名？
佐藤	佐藤健。
服務台	好。佐藤先生，我們會幫您保留座位10分鐘，請在8點40分前抵達。

02 日替わり定食 をください。
ひが　　ていしょく

我來一份今日套餐。 74

ウェイトレス	ご注文はお決まりになりましたか。 ちゅうもん　　き
田中 たなか	はい。日替わり定食をください。 ひが　　ていしょく それから、茶碗蒸しお願いします。 ちゃわんむ　　ねが
ウェイトレス	かしこまりました。お飲み物はどうなさい の　　もの ますか。
田中 たなか	ビールをお願いします。 ねが

服務員	請問可以點餐了嗎？
田中	可以，請給我來一份今日套餐。 然後再加一份茶碗蒸。
服務員	好。要喝什麼飲料呢？
田中	啤酒。

❸ お支払い方法はどうなさいますか。
您想用什麼方式付款？ 〔75〕

加藤	すみません。お会計をお願いします。
ウェイトレス	かしこまりました。お支払い方法はどうなさいますか。
加藤	クレジットカードでできますか。
ウェイトレス	はい、できます。
加藤	じゃ、マスターカードで。
ウェイトレス	少々お待ちください。

加藤	不好意思，麻煩埋單。
女服務員	好的，您想用什麼方式付帳？
加藤	你們接受刷信用卡嗎？
女服務員	接受。
加藤	那就用萬世達卡。
女服務員	請您稍等。

148

4 使える表現（常用表達）

① 預約訂位 (76)

推薦好吃的餐廳	**1**	近くにどこかいいレストランがありますか。 請問附近有沒有不錯的餐廳？
推薦中式餐廳	**2**	このエリアにいい中華料理店ってありますか。 這附近有沒有好吃的中式餐廳？
推薦便宜餐廳	**3**	近くにどこか安いレストランってありますか。 這附近有便宜一點的餐廳嗎？
是否要預約	**4**	予約する必要はありますか。 我需要預約嗎？
請別人幫忙訂位	**5**	そちらのレストランに電話の予約をしてもらえませんか。 你可以幫我打電話到那家餐廳訂位嗎？
詢問是否接受訂位	**6**	電話での予約は受け付けていますか。 你們接受電話訂位嗎？
自己預約	**7**	すみません。席の予約をしたいんですが。 不好意思，我想訂位子。
	8	明日の夜 7 時に 6 人用の席を予約したいんですが。 我想訂一張 6 人桌，明天晚上 7 點的。
詢問人數	**9**	何名様でしょうか。 請問有幾位客人？
客滿	**10**	大変申し訳ございません。その時間帯はもう予約がいっぱいです。 很抱歉，那個時段我們已經客滿了。
著裝要求	**11**	ドレスコードはありますか。 你們有服裝要求嗎？

02 進入餐廳 🎧77

是否有訂位	**12** ご予約はされましたか。	您訂位了嗎？

告知已訂位　**13** 8時に2人の席を予約している佐藤たけるです。
我叫佐藤健。我預訂了一張8點鐘的雙人桌。

沒有訂位	**14** 予約はしていません。	我沒有訂位。

說明人數　**15** 3人の席をお願いします。　我要一張3人桌。
16 8人の席はありますか。　你們有8人桌嗎？

直接找位子	**17** この席は空いてますか。	這個座位有人嗎？

靠窗的座位　**18** 窓側の小さいテーブルでも大丈夫ですか。
坐靠窗的小桌子可以坐嗎？

19 大変申し訳ございませんが、窓側の席は予約席でございます。
對不起，靠窗的那張桌子已經有人預訂了。

靠角落的座位
20 角の2人席はありますか。
請問靠角落有兩個人的桌子嗎？

服務生帶位
（有預約）
21 お席のほうへご案内します。　我帶您到預訂的桌子那邊。
22 お席がご用意できましたので、ご案内します。
您的餐桌已經準備好，請這邊走。
23 お席はこちらです。よろしいでしょうか。
這是您的餐桌，還可以嗎？

服務生帶位
（無預約）
24 こちらでもよろしいですか。　坐這裡可以嗎？
25 あちらでも大丈夫ですか。　坐那裡好嗎？
26 入り口の近くでも大丈夫でしょうか。
您願意坐在靠近門的地方嗎？

決定座位
27 この席はいいですね。じゃ、ここにしましょう。
這個位子不錯，我們就坐這裡了。

要求換位
28 ちょっと席を換えてもらってもいいですか。
我們可以換桌嗎？

換禁煙區的
座位
29 禁煙席に移ってもいいですか。
我們能換到禁菸區嗎？

餐廳客滿
30 大変申し訳ございませんが、ただいま満席でございます。
很抱歉，我們現在客滿。

問等候時間
31 待ち時間はどれくらいですか。　我們需要等多久？
32 結構待たなければいけませんか。　我們需要等很久嗎？

索取菜單	㉝	メニューをください。 請給我看一下菜單好嗎？
	㉞	中国語のメニューってありませんか。 你們有中文菜單嗎？

索取酒單	㉟	ワインリストをください。 請給我看一下酒單。

餐前飲料	㊱	とりあえずビールをお願いします。 先上些啤酒。

詢問是否要 點餐	㊲	ご注文はお決まりでしょうか。 您可以點菜了嗎？
	㊳	ご注文はどうなさいますか。 您要點菜了嗎？

要求點餐	㊴	すみません。注文をお願いします。 不好意思，我們要點餐。

還沒決定點 餐	㊵	まだです。 還沒好。
	㊶	もうちょっと考えます。 我們還需要考慮一下。

請服務員 推薦餐點	㊷	お勧めはありますか。 你推薦吃什麼？
	㊸	どれが一番お勧めですか。 你說哪一種最好？
	㊹	それぞれの特色を教えてください。 你可以告訴我每樣菜的特色嗎？

詢問顧客 口味	㊺	和食のほうがいいですか、それとも洋食のほうがいいですか。 您喜歡日式料理還是西餐？

服務員的 推薦	㊻	ラムチョップがお勧めです。 我推薦羊排。
	㊼	当店のお魚は結構評判ですよ。 本店的魚很受好評喔！
	㊽	こちらは当店のお勧めです。 這些是我們餐館的招牌菜。

「会席料理」出菜順序大約是：

❶ 先付　開胃菜（類似）
❷ お凌ぎ　暖胃菜（少量的麵或壽司）
❸ お椀　湯（類似「吸い物」）
❹ 向付　大多是生魚片

❺ 焼き物　烤魚
❻ 煮物　燉煮菜
❼ ご飯（飯＋湯＋醃漬菜）
❽ 水菓子（水果甜點）

懷石料理出菜順序則是「折敷膳（向付、ご飯、味噌汁）→煮物→焼き物→強肴（主菜）→箸休め（湯）→八寸（海鮮等）→湯桶（湯）→香の物（醃漬菜）→菓子・抹茶」

當地特產	
㊾	この店の一押しは何ですか。　這裡的招牌菜是什麼？
㊿	この地域の食べ物を食べてみたいんですが。 我想吃一些有地方特色的菜。
51	この店はうなぎが有名です。　這家店以烤鰻魚聞名。

詢問今日特餐	
52	本日のスペシャルって何ですか。　今天的特餐是什麼？
53	本日のディナーはどんな料理ですか。　今天晚餐你們供應什麼菜式？
54	いろんな種類の洋食をご提供いたします。 我們有各式西餐供您挑選。

上菜快的餐點	
55	30分しかないので、出していただけるのをください。 哪一種可以比較快上菜？我只有30分鐘。

不吃的料理	
56	何か苦手なものはございますか。　有沒有您不吃的食物？
57	シーフードアレルギーです。　我對海鮮過敏。

| 想吃中國菜 | 58 | 本場の中華ってありますか。 你們有道地的中菜料理嗎？ |
| | 59 | どんな料理がありますか。 你們供應哪些料理？ |

| 想吃法國菜 | 60 | お勧めのフレンチをいくつか紹介してもらえませんか。 |
| | | 請幫我們介紹幾樣法國菜好嗎？ |

| 想吃清淡一點 | 61 | ちょっとあっさり系がいいです。 |
| | | 請幫我準備清淡一點的菜。 |

| 吃素 | 62 | ベジタリアンフードってありますか。 你們有沒有素菜？ |

| 想吃套餐 | 63 | セットメニューはありますか。 你們有沒有套餐？ |

| 詢問菜品的差別 | 64 | これとこれはどう違いますか。 |
| | | 這個和這個有什麼不同？（指著菜單說） |

 開始點餐

| 點跟別桌一樣的菜 | 65 | あちらのお客さんの料理は何ですか。同じものをください。 |
| | | 請問他們點的是什麼？我要點一樣的。 |

| 指著菜單點菜 | 66 | これとこれをお願いします。 |
| | | 我要這個和這個。（指著菜單說） |

| 菜 | 67 | カレーはいかがでしょうか。 您要不要點個咖喱？ |

| 套餐 | 68 | 本日の日替わり定食は何ですか。 今天的套餐是什麼？ |
| | 69 | 焼き鳥定食をください。 請給我來份烤雞肉套餐。 |

| 蓋飯 | 70 | 親子丼をください。 | 我要一份親子丼飯。 |

71 天ぷらと 牛 丼をお願いします。 我要天婦羅和牛丼。

| 主菜 | 72 | メインディッシュはどうなさいますか。 | 主菜您要點什麼？ |

| 説明供應的菜品 | 73 | この鍋 料 理はどのようなものが入ってますか。 | 這道火鍋中放了什麼？ |

74 蟹と海老が入っています。 有蟹和蝦。

| 海鮮 | 75 | ロブスターってありますか。 | 你們有龍蝦嗎？ |

| 牛排 | 76 | ステーキの焼き加減はいかがいたしましょうか。 | 牛排要幾分熟的？ |

77 ミディアムでお願いします。 五分熟。

78 ウェルダンでお願いします。 我要全熟的。

牛排的熟度

生	生牛肉
レア	三分熟
ミディアムレア	四分熟
ミディアム	五分熟
ミディアムウェル	七分熟
ウェルダン	全熟

焼きと炙りにお勧め（推薦燒烤）
じっくり時間をかけて調理（推薦花時間烹煮）

①肩肉
②あばら
③ショートリブ
④ロース
⑤トップサーロイン
⑥ヒレ
⑦ボトムサーロイン
⑧ランプ
⑨モモ
⑩肩バラ
⑪前スネ
⑫トモバラ
⑬カルビ
⑭後スネ

横隔膜（横隔膜）

①夾心肉
②肋條
③肋肉
④脊背肉
⑤上部裡脊肉
⑥裡脊肉
⑦下部裡脊肉
⑧臀肉
⑨腿肉
⑩胸脯肉
⑪前腿肉
⑫下部胸肉
⑬牛腩
⑭後腿肉

附餐	**79** 何かサイドディッシュはいかがですか。 您要再來一點附餐嗎？	
	80 ステーキは何がついていますか。 牛排的附餐是什麼？	

納豆	**81** 納豆をください。 我想要一份納豆。

要白飯	**82** ごはんをもらえませんか。 我可以要一些白飯嗎？

辣不辣	**83** 辛いですか。 這道菜會很辣嗎？

甜點	**84** デザートはいかがですか。 您要來份甜點嗎？

冰淇淋	**85** デザートはアイスクリームがいいです。 我想要冰淇淋當甜點。
	86 何味になさいますか。 您要什麼口味的。

點飲料	**87** お飲み物はどうなさいますか。 飲料您想點什麼？
	88 お茶とコーヒー、どちらになさいますか。 您要喝茶還是咖啡？

咖啡	**89** コーヒーを二つください。 請給我兩杯咖啡。
	90 ブラックでよろしいでしょうか。それともミルクと砂糖を入れましょうか。 您喜歡黑咖啡，還是要加牛奶和糖？
	91 砂糖だけください。ミルクとクリームは結構です。 請加糖就好，不要牛奶或奶油。

喝茶	**92** お茶でいいです。 茶就可以了。
	93 お茶には砂糖とレモンをお入れしましょうか。 您的茶要加糖和檸檬嗎？
	94 お茶にレモンを添えてください。 可以給我的茶裡加檸檬片嗎？

喝酒	**95** お勧めのワインってありますか。 你建議我們喝什麼酒？
	96 飲み方はどうなさいますか。 你的酒要什麼樣的？（是否加冰塊等）

フルーツジュース 果汁　　ソフトドリンク 碳酸飲料

お茶 茶　　　　　コーヒー 咖啡　　　　アルコール 酒類

| 換飲料 | **97** バドワイザーにしてください。 請把它換成百威啤酒。 |
| | **98** コーヒーにかえてもいいですか。 我可以換成咖啡嗎？ |

| 決定點某道菜 | **99** これにします。 我就點這道菜。 |

| 點一樣的餐點 | **100** ２つください。 請來兩份。 |
| | **101** 同じので。 我也點一樣的菜。 |

| 是否加點其他的 | **102** 他に何かご注文はありませんか。 您還要點什麼嗎？ |
| | **103** 他は大丈夫でしょうか。 還要點什麼嗎？ |

| 結束點餐 | **104** これで大丈夫です。 這些就夠了。 |

05 開始用餐 （80）

餐具掉了	105 フォークを落としたんで、新しいのをもらえませんか。 我的叉子掉了，可以再給我一把嗎？
菜品遲遲 未到	106 頼んだものがまだ来ていないんですけど。 我點的菜還沒來。 107 もう 30 分前に頼んだんですけど。 我們已經點了半個小時了。
沒有點某樣 菜	108 これは頼んで (い) ません。 我沒有點這個。
菜品沒熟	109 この肉はまだ生ですよ。 這個肉還是生的。
湯裡有異物	110 スープにちょっと変なものが入っています。 我的湯裡有怪東西。
菜品太鹹	111 これはちょっと塩辛いですね。 這道菜有點鹹。
菜品太油	112 これはちょっと脂っこいですね。 這道菜有點太油了。
菜品太辣	113 これはちょっと辛すぎますね。 這道菜太辣了。
菜品沒味道	114 これはちょっと味がないですね。 這道菜沒什麼味道。
取消菜品	115 さっき頼んだのをキャンセルできますか。 我可以取消我的點餐嗎？
加水	116 すみません。水をください。 不好意思，請幫我加水好嗎？
詢問是否 吃完	117 こちら、おさげしてもよろしいでしょうか。 請問您盤子可以收了嗎？ 118 いいえ、まだです。 不，我還沒 (吃完)。

請服務生清理桌面	119	すみません。ちょっとここを片付けてもらえますか。 請幫我們收一下桌子。
打包	120	残りのものを包んでもらえませんか。 請幫我把剩下的打包好嗎？
詢問打烊時間	121	何時に閉店ですか。 你們幾點打烊？
埋單	122	お会計をお願いします。 埋單。
核對帳單	123	これは何の金額ですか。 這筆費用是什麼？

©by t-mizo

ファーストフード店で

Part 13

msn music

McDonald's
Restaurant

T.G.I.
FRIDA

速食店

1 ハンバーガー 漢堡

2 ドレッシング 沙拉醬

3 ピクルス 酸黄瓜

4 チーズ 起司

5 オニオンリング 洋蔥圈

6 チキンナゲット 雞塊

7 フライドチキン 炸雞

8 アップルパイ 蘋果派

9 ケチャップ 番茄醬

10 チキンバーガー 雞肉堡

11 フィッシュバーガー 魚堡

12 フライドポテト 薯條

13 コーラ 可樂

14 紅茶（こうちゃ）紅茶

15 ミルクシェイク 奶昔

16 コーヒー 咖啡

17 ホットチョコレート／ココア
熱巧克力

18 オレンジジュース 柳橙汁

19 パフェ 聖代

20 ソフトクリーム 雙淇淋

21 ストロー 吸管

22 ナプキン 餐巾紙

2 ─ キーワード（關鍵字） 🎧82

1	S（エス）	小杯的
2	M（エム）	中杯的
3	L（エル）	大杯的
4	お替り	續杯
5	甘酢ソース	糖醋醬
6	バーベキューソース	烤肉醬
7	マスタード	芥末醬
8	コショウ	胡椒粉
9	クリーム	奶油
10	砂糖	糖
11	氷抜き	不加冰
12	味	口味
13	イチゴ	草莓
14	チョコレート	巧克力
15	バニラ	香草
16	ベーコン	培根
17	ホットドッグ	熱狗

ケチャップ入りホットドッグ

ケチャップとマスタード入り
ホットドッグ

ケチャップ、マスタードと玉ね
ぎ入りホットドッグ

ケチャップ、マスタード、玉ねぎとレリ
ッシュ入りホットドッグ

会話（會話）

❶ 3番セットをふたつください。 兩份三號套餐。 ⓼③

佐藤　3番セットをふたつください。

店員　はい、かしこまりました。お飲み物はどうなさいますか。

佐藤　ダイエットコーラで。

店員　サイズはレギュラーとエルサイズがございますが。

佐藤　レギュラーで。

店員　かしこまりました。他に何かご注文はございませんか。

佐藤　大丈夫です。

店員　店内でお召し上がりですか、それともお持ち帰りですか。

佐藤　店内で。

佐藤　我要兩份三號套餐。

店員　好的，飲料要喝什麼？

佐藤　健怡可樂。

店員　普通杯還是大杯的？

佐藤　普通杯。

店員　好的，還要點些什麼嗎？

佐藤　沒有了。

店員　內用還是外帶？

佐藤　內用。

02 お味はどうなさいますか。您要哪種口味？ 🔊84

店員　いらっしゃいませ、こんにちは。ご注文がお決まりでしたらどうぞ。

佐藤　そうですね。じゃ、ビーフバーガーと、フライドポテトとミルクシェイクをください。

店員　お味はどうなさいますか。

佐藤　どうしようかな。どんな味がありますか。

店員　イチゴとチョコとバニラとバナナがございます。

佐藤　じゃ、バナナで。

店員　かしこまりました。他に何かございませんか。

佐藤　いいえ。これでけっこうです。

店員　歡迎光臨，午安您好。您要點什麼？

佐藤　我想要一個牛肉漢堡、一份薯條和一杯奶昔。

店員　請問您要什麼口味的？

佐藤　這個……，你們有哪幾種口味？

店員　有草莓、巧克力、香草和香蕉口味。

佐藤　好，我要香蕉口味的。

店員　好。還要什麼嗎？

佐藤　不用了。這樣就好。

（85）

點漢堡	**1** ビーフバーガーをください。	我要一個牛肉漢堡。
	2 チーズバーガーを二つください。	我要兩個起司漢堡。

點薯條	**3** フライドポテトのエルサイズをください。	我要一份大薯。
	4 チーズバーカーとフライドポテトをください。	
	我要一個起司漢堡和一份薯條。	

點奶昔	**5** ミルクシェイクをください。	我要一杯奶昔。
	6 お味はどうなさいますか。	您要什麼口味的奶昔？

點可樂	**7** ダイエットコーラを持ち帰りで。	一杯健怡可樂外帶。
	8 エルサイズとレギュラー、どちらになさいますか。	大杯的還是普通杯？

點套餐	**9** 4番セットをふたつください。	兩份四號餐。

選擇醬汁	**10** ソースはどうなさいますか。	你要哪一種醬汁？
	11 甘酢ソースで。	糖醋醬。

點炸雞	**12** フライドチキンをふたつください。	我要兩塊炸雞。

選擇雞肉部位	**13** 腿肉じゃなくて、胸肉をください。	
	我要雞胸肉，不要雞腿肉。	

不要加配料	**14** ハンバーガーはピクルス抜きでお願いします。	
	我的漢堡裡不要加腌黃瓜。	
	15 ハンバーガーは玉ねぎ抜きでお願いします。	我的漢堡不要加洋蔥。

需要等待	**16** フライドポテトはあと2分かかりますが、どうなさいますか。	
	薯條還要等兩分鐘，您要等嗎？	

對於炸雞部位有特別喜好的人，不妨在點餐時詢問服務員能否更換部位。

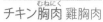

チキン胸肉　雞胸肉

チキン腿肉　雞腿（ももにく）

チキン手羽先　雞翅（てばさき）

是否還要點別的	❿ 他に何になさいますか。　還需要點些什麼嗎？（ほか）（なに）	
	⓫ 以上でけっこうです。　不用，就要這些。（い じょう）	

堂吃或外帶	⓭ 店内でお召し上がりですか、それともお持ち帰りですか。（てんない）（め）（あ）（も）（かえ） 請問內用或外帶？
	⓮ 店内で。　我要內用。（てんない）
	⓯ 持ち帰りで。　我要外帶。（も）（かえ）
	⓰ フライドポテトとコーラ、両方ともエルサイズでお願いします。（りょうほう）（ねが） 我要外帶一包大薯和一杯大杯可樂。

要番茄醬	⓱ ケチャップをもうひとつもらえますか。　可以再給我一包番茄醬嗎？

給錯餐點	⓲ フィッシュじゃなくて、チーズバーガーを頼んだんですが。（たの） 我點的是起司漢堡，不是魚堡。

索取吸管	⓳ ストローってありますか。　有沒有吸管？

要餐巾紙	⓴ ナプキンをください。　我需要一些餐巾紙。
	㉗ ナプキンとストローはどこにありますか。　哪裡有餐巾紙和吸管？

咖啡續杯	㉘ コーヒーはお替りできますか。　請問咖啡可以續杯嗎？（かわ）
	㉙ お替りはただですか。　可以免費續杯嗎？（かわ）

與人共用桌子	㉚ ここは空いていますか。　這個座位有人嗎？（あ）
	㉛ ここに座ってもいいですか。　我可以坐這裡嗎？（すわ）
	㉜ 一緒に座らせてもらってもいいですか。　可以跟你們一起坐嗎？（いっしょ）（すわ）

Part 14

購物一般用語

©by Ari Helminen

ショッピングセンター　購物中心

デパート　百貨公司

ショーウィンドー　櫥窗

セール　特價中

エレベーター　電梯

エスカレーター　手扶梯

サイズ　尺寸

色　顔色

デザイン　款式

10
<ruby>名物特産品<rt>めいぶつとくさんひん</rt></ruby> 特產

11
<ruby>売り切れ<rt>う き</rt></ruby> 已售完

❶
單
字

12
<ruby>試着<rt>し ちゃく</rt></ruby> 試穿；試戴

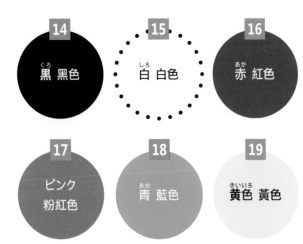

14
<ruby>黒<rt>くろ</rt></ruby> 黑色

15
<ruby>白<rt>しろ</rt></ruby> 白色

16
<ruby>赤<rt>あか</rt></ruby> 紅色

17
ピンク
粉紅色

18
<ruby>青<rt>あお</rt></ruby> 藍色

19
<ruby>黄色<rt>きいろ</rt></ruby> 黃色

20
<ruby>緑<rt>みどり</rt></ruby> 綠色

21
<ruby>茶色<rt>ちゃいろ</rt></ruby>
咖啡色

22
<ruby>灰色<rt>はいいろ</rt></ruby> 灰色

23
オレンジ
橘色

24
<ruby>紫<rt>むらさき</rt></ruby>
紫色

13
<ruby>鏡<rt>かがみ</rt></ruby> 鏡子

2

会話（會話）
かいわ

ここは○○が置いてありますか。
お

這櫃檯是賣……的嗎？ 87

店員 てんいん	いらっしゃいませ。
佐藤 さとう	こちらに子ども用のサングラスはありますか。 こ　よう
店員 てんいん	はい、ございます。いろいろな色がありますよ。 いろ
佐藤 さとう	ちょっとかけてみてもいいですか。
店員 てんいん	どうぞ、おかけください。
佐藤 さとう	うん～、ちょっと大きすぎるみたいですね。 おお
店員 てんいん	じゃ、こちらはいかがですか。息子さんにとてもお似合い むすこ　　　　　　　　に あ ですよ。
佐藤 さとう	いいですね。じゃ、これをください。

店員	歡迎光臨。
佐藤	這裡有賣兒童太陽眼鏡嗎？
店員	有的。有很多種顏色喔！
佐藤	可以戴戴看嗎？
店員	可以的。
佐藤	嗯，有點太大。
店員	這個如何？很適合您的兒子喔！
佐藤	嗯，不錯。那就這個。

3 ─•使える表現（常用表達）

01 尋找購物中心和特定專櫃 🎧88

詢問購物 地點	**❶** この近くにショッピングセンターはありますか。 這附近有購物中心嗎？	
詢問營業 時間	**❷** その店は日曜日でも開いていますか。　那家店星期天開門嗎？	
	❸ その店の営業時間は何時から何時までですか。 請問那家店的營業時間是幾點到幾點？	
尋找電梯	**❹** エレベーターはどこですか。　請問電梯在哪裡？	
店家上前 詢問	**❺** いらっしゃいませ。お伺いしましょうか。 歡迎光臨，有什麼需要幫忙的嗎？	
	❻ いらっしゃいませ。何かあったらご遠慮なくお申し付けください。 歡迎光臨，有什麼需要請您吩咐。	
只是隨便 看看	**❼** ちょっと見てるだけです。　我只是看看而已。	
	❽ ちょっと見てみますね。　我只是隨便看看。	
詢問專櫃 販售商品	**❾** カシミヤのセーターはありますか。 你們有賣喀什米爾毛衣嗎？	
	❿ 手袋はありますか。 請問這裡是賣手套的嗎？	
詢問顧客 想買什麼	**⓫** 何かお探しですか。 您在找（要買）什麼特定的東西嗎？	
說明想要 的樣式	**⓬** このようなものがほしいんです。 我要像這樣的。	

商品齊全　**13** ちょうどお客様のご希望に合うものがございます。

我們剛好有您想要的東西。

14 いろんな種類がございますので、自由にお選びください。

我們的商品種類繁多，可供您隨意選擇。

15 デザインもサイズも揃っております。

我們的商品種類繁多，尺寸齊全。

02 選擇產品 🎧89

觸摸產品　**16** ちょっと触ってもいいですか。 可以摸嗎？

請店員拿
架上產品　**17** 2番目の棚の2列目にあるカバンをちょっと見せてもらっていいですか。

我可以看看放在第二個架子上第二排的那個手提包嗎？

18 いいえ、そっちのじゃなくて、灰色のです。

不對，不是那個，是灰色的那個。

19 そのネックレスをちょっと見せてもらってもいいですか。

請把那條項鍊給我看看。

20 こちらでよろしいでしょうか。 您要的是這個嗎？

推薦產品　㉑ こちらのはいかがですか。　這個怎麼樣？

推薦新品　㉒ こちらの新しい帽子いかがでしょうか。

這個新帽子如何？

想買當地
特產　㉓ これは京都の特産品ですか。

這是京都的特產嗎？

㉔ ここの特産品を探しているんです。

我想買本地特有的商品。

㉕ お勧めのお土産は何ですか。

你推薦什麼伴手禮呢？

詢問產地　㉖ 産地はどこですか。　它們產自哪裡？

產品暢銷　㉗ これは本店の目玉商品です。

這是我們店裡的熱銷商品。

特賣　㉘ 今はバーゲンシーズンです。

這是大減價的特賣季節。

手工製品　㉙ これは全部職人たちが心を込めて作った工芸品です。

這全是師傅們用心製作的手工藝品。

看樣品　㉚ こちらはサンプル品です。

這些是樣品。

非賣品　㉛ こちらのは非売品です。　這是非賣品。

㉜ こちらのは展示品です。　這些是展示品。

03 商品缺貨與進貨 🎧90

產品缺貨	**33** 大変申し訳ございませんが、今在庫切れになっておりまして。
	很抱歉，現在沒有貨了。
	34 大変申し訳ございませんが、すべて売り切れになっております。
	對不起，我們全賣完了。
	35 すみません、在庫を切らしております。
	對不起，我們沒貨了。
到倉庫找貨	**36** ちょっと倉庫のほうを確認して参りますので、少々お待ちください。
	請稍等一下，我去倉庫看看。
調貨	**37** ただいま在庫切れになっておりますが、お取り寄せいたしましょうか。
	我們倉庫裡已經沒貨了，您需要我幫忙調貨嗎？
是否會進貨	**38** また仕入れる予定はありますか。
	你們還會進貨嗎？
進貨時間	**39** 今週の土曜日にはご用意できます。 這個星期六就會有了。
	40 毎朝新しいのを仕入れます。 我們每天上午會進新貨。
	41 2、3週間後にはたぶんあるかと思います。
	可能要兩、三個星期後才會有貨。

倉庫 倉庫

在庫 庫存

178

04 決定是否購買 91

購買數量

42 おいくつご入用<small>いりよう</small>ですか。 您要買多少？

43 ひとつでいいです。 一個就好了。

44 ふたつください。 我要買兩個。

拿不定主意

45 どちらでもいいです。どっちがお勧<small>すす</small>めですか。
每個都不錯，你推薦哪一種？

46 何<small>なに</small>かアドバイスをください。 請給我一些建議吧！

無購買意願

47 今日<small>きょう</small>はけっこうです。 今天先不買了。

48 もうちょっと考<small>かんが</small>えさせてください。ありがとうございました。
請讓我再稍微考慮一下。謝謝。

對產品不滿意

49 ちょっと合<small>あ</small>わないですね。 不太適合我。

50 ちょっとほしいのと違<small>ちが</small>いますね。 跟我想要有點不同。

51 このマフラーは私<small>わたし</small>のコートには合<small>あ</small>わないですね。
我覺得這條圍巾和我的外套不配。

52 この青<small>あお</small>の帽子<small>ぼうし</small>はちょっと似合<small>にあ</small>わないですね。
我戴這頂藍色的帽子不好看。

決定購買

53 そうですね。それにします。 你說得對，就買這個。

54 これはずっとほしかったものです。 這正是我一直想要的。

55 はい。じゃ、これにします。 好吧！我買這個。

還要不要買別的

56 他<small>ほか</small>はいかがでしょうか。 您還要買點別的嗎？

57 以上<small>いじょう</small>でよろしいですか。 您要的就是這些嗎？

58 他<small>ほか</small>に何<small>なに</small>かほしいものはございませんか。 您還需要些什麼嗎？

59 こちらの一点<small>いってん</small>でよろしいでしょうか。 您確定一個就夠了嗎？

寄送貨物

60 台湾<small>たいわん</small>まで送<small>おく</small>ってもらえますか。 你能幫我寄台灣嗎？

買物：服・靴・カバン

Part 15

購物：服飾鞋包配件

2 傘 雨傘

1 サングラス 太陽眼鏡

3 マフラー 圍巾

4 手袋 手套

5 帽子 帽子

6 ネクタイ 領帶

8 海パン 泳褲
_{かい}

7 水著 泳衣
_{みず}

10 タンクトップ 背心

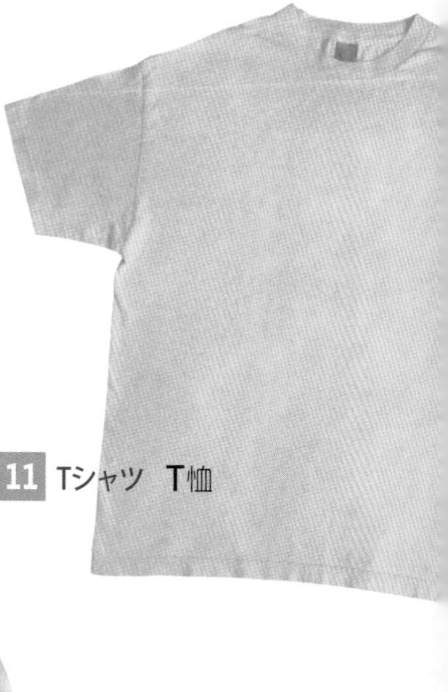

9 キャミソール
細肩帶上衣

11 Tシャツ T恤

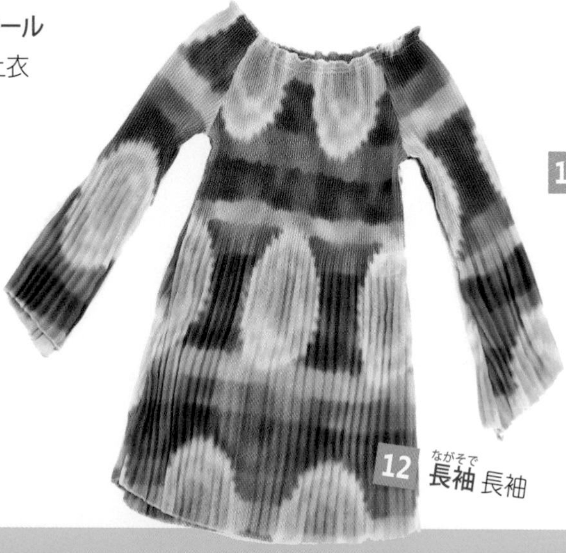

12 長袖 長袖
_{ながそで}

183

13 半袖 <ruby>半袖<rt>はんそで</rt></ruby> 短袖

14 ワイシャツ 襯衫

15 ブラウス 女性襯衫

16 セーター 毛衣

17 タートルネック 高領上衣

18 スーツ 套裝・西裝

19 ワンピース
洋装

21 ジャケット
夾克

①
單字

20 スカート 裙子

22 コート 大衣

23 ジーンズ 牛仔褲

24 パンツ 長褲

25 短パン 短褲

26 サンダル 涼鞋

27 ブーツ 靴子

29 ハイヒール 高跟鞋

28 ビーチサンダル 人字拖

30 革靴 皮鞋

32 靴紐 鞋帶

31 スニーカー 運動鞋

33 革クリーム 鞋油

186

34 ショルダー バッグ 單肩包

35 ハンドバッグ 手提包

36 財布（さいふ）皮夾

37 ブリーフケース 公事包

38 ボタン 鈕扣

39 ポケット 口袋

コットン 棉 **40**

41 ウール 羊毛

42 シルク 絲

43 レザー 皮革

01 この靴を試着（くつ しちゃく）してもいいですか。

我能試穿這雙鞋？ 93

佐藤（さとう）　この靴を試着（くつ しちゃく）してもいいですか。

店員（てんいん）　どうぞ。ふだんのサイズはどのくらいですか。

佐藤（さとう）　27 センチなんですが。

店員（てんいん）　かしこまりました。今（いま）、お持（も）ちします。

佐藤（さとう）　うーん、ちょっと履（は）き心地（ごこち）があまり良（よ）くないですね。

店員（てんいん）　じゃ、こちらのはいかがですか。革（かわ）ですからちょっと柔（やわ）らかいと思（おも）います。いかがですか。

佐藤（さとう）　とてもいいですね。じゃ、これにします。

佐藤　我可以試穿這雙鞋嗎？

店員　當然可以。您腳多大？

佐藤　我穿 27 公分的。

店員　好的，我去拿。

佐藤　嗯，穿起來不太舒服。

店員　那試試這一雙，它是真皮的，比較柔軟。
　　　怎麼樣？

佐藤　這雙很舒服，我就買這雙。

02 シャツを買いたいんですけど。我想買一件襯衫。 🎧94

店員	いらっしゃいませ。
田中	シャツを買いたいんですけど。
店員	何色がよろしいでしょう。
田中	青がほしいんです。
店員	お客様のサイズはどのぐらいでしょうか。
田中	分からないですね。ちょっと測ってもらっていいですか。
店員	はい、かしこまりました。たぶん 40 でいいかと思いますね。
田中	ちょっと試着してもいいですか。
店員	どうぞ。試着室はこちらです。

店員	歡迎光臨。
田中	我想買一件襯衫。
店員	您要什麼顏色的？
田中	我要藍色的。
店員	請問您穿幾號？
田中	我不太確定。你可以幫我量一下嗎？
店員	好，我想您穿 40 號就可以了。
田中	我可以試穿一下嗎？
店員	您請。更衣室在這邊。

01 選擇服飾或配件的尺寸與樣式 🎧95

告知店員想買什麼

❶ 白のワイシャツがほしいんですけど。 我想買一件白襯衫。

❷ セーターを見てみたいんですけど。 我想看一下毛衣。

❸ コットンのスカートを買いたいんですが。 我想買一條棉布裙。

❹ ウールの手袋を見せてもらってもいいですか。 請給我看羊皮手套。

❺ ちょっとマフラーを見せてもらってもいいですか。
請拿條圍巾給我看一下好嗎？

詢問顧客想買什麼

❻ どんなシャツをお求めですか。 您比較喜歡哪一款襯衫？

❼ 靴下や手袋はいかがですか。 您需要襪子或手套嗎？

❽ どんなコートをお探しでしょうか。 您想看什麼外套？

買名牌包

❾ バーバリーのハンドバッグはありますか。
你們有賣 Burberry 的手提包嗎？

買鞋子

❿ 靴を買いたいんですけど。 我想買一雙鞋子。

⓫ 旅行用の靴ってありますか。 有適合旅行穿的鞋子嗎？

選擇款式

⓬ デザインのご希望はございますか。 要什麼特別的樣式嗎？

⓭ 他のデザインはありますか。 有沒有其他款式？

⓮ 20代向けの服ってありますか。 你們有二十幾歲的人穿的衣服嗎？

⓯ 他に同じようなものを見せてもらっていいですか。
有適合20幾歲的人的衣服嗎？

詢問顧客喜好

⓰ どちらになさいますか。 您喜歡哪一種？

⓱ こちらのはいかがですか。 喜歡這個嗎？

ハイヒールを試着する 試穿高跟鞋

服を買う 購買衣服

選擇顏色

⑱ 何色がよろしいでしょうか。　您想要什麼顏色的？

⑲ 白か、明るい色のものがいいです。　白的或亮色的。

⑳ 黒でお願いします。　請給我黑色的。

㉑ この色はとてもお似合いですよ。　這個顏色很適合您。

㉒ ちょっと派手すぎかな。　這個有點太鮮艷了。

有沒有別的顏色

㉓ 他の色はありませんか。　還有沒有別的顏色？

㉔ この柄で違う色のものはありませんか。　這種花樣有別的顏色嗎？

㉕ このデザインで茶色いのはありませんか。　這種樣式有咖啡色的嗎？

選擇尺寸

㉖ どのサイズがよろしいでしょうか。　您想要什麼尺寸的？

㉗ お客様はどのサイズでしょうか。　您穿幾號的？

㉘ サイズはちょっと分からないですね。　我不知道尺寸。

㉙ たぶん 36 だと思います。　我應該是穿 36 號的。

㉚ こちらがお客様のサイズのです。　這一件是您要的尺寸。

請店員量尺寸	**31** サイズをちょっと測^{はか}ってもらえますか。 你可以幫我量一下尺寸嗎？
缺尺寸	**32** 申^{もう}し訳^{わけ}ございません、お客^{きゃくさま}様のサイズのはちょうど切^きらしておりまして。 對不起，我們沒有您要的尺寸。
選擇品牌	**33** 何^{なに}かご希望^{きぼう}のブランドはございますか。 您有什麼特別喜歡的牌子嗎？
	34 これはどこのブランドのものですか。 這是哪裡的品牌？

02 詢問商品材質與品質 🎧 96

詢問材質	**35** 素材^{そざい}は何^{なん}ですか。 這是什麼材質的？
	36 何^{なに}で作^{つく}られたんですか。 它是用什麼做的？
	37 シルクでできてるんですか。 是絲製的嗎？

皮製品	**38** 革製^{かわせい}で、ファスナーがついております。 是皮製的，還有拉鏈。
款式漂亮	**39** これは確^{たし}かに綺麗^{きれい}ですね。 這個的確非常漂亮。
款式太素	**40** あれはちょっと地味^{じみ}ですね。 那個看起來有點樸素。
款式不時髦	**41** このデザインはちょっと古^{ふる}いですね。 這個款式看起來比較舊。
	42 あまりに奇抜^{きばつ}すぎていないのがいいですね。 不要太搞怪的比較好。

最新樣式	**43** 新しいデザインを見せてもらってもいいですか。 可以看一下新款式嗎？
	44 これは最新のデザインです。 這是最新的樣式。
	45 これは一番流行りのデザインです。 這是最時髦的樣式。

| 品質好 | **46** 品質はいいですよ。 這是優質品。 |
| | **47** この帽子は手作りで、とても品質が良いものです。
帽子的品質非常好，而且它是本店自製的。 |

| 會不會褪色 | **48** 長く着られますか。色褪せはしないですか。 耐穿嗎？不會褪色吧？ |
| | **49** 色落ちしたりはしませんか。 會褪色嗎？ |

| 耐不耐洗 | **50** 洗濯は大丈夫ですか。 耐洗嗎？ |

| 是否能用洗衣機洗 | **51** 洗濯機でも大丈夫ですか。
這件衣服可以用洗衣機洗嗎？ |

| 手洗 | **52** 手洗いしなければいけません。 必須用手洗。 |

| 會不會縮水 | **53** 縮んだりはしませんか。 會不會縮水？ |

| 套裝不分售 | **54** 別々に売ってもらうことってできませんか。コートだけほしいんで。
這套衣服可以分開賣嗎？我只想買外套。 |
| | **55** セットとなっておりますので、別々はちょっと難しいですね。
這是一套，我們不分開賣。 |

03 試穿衣服或鞋子 🎧97

| 衣服穿法 | 56 | どうやって着るんですか。 這件衣服要怎麼穿？ |

試穿	57	試着してもいいですか。 我可以試穿一下嗎？
	58	この靴を試着してもいいですか。 我可以試穿一下這雙鞋子嗎？
	59	両足とも試着したほうがいいですね。履き心地がいいかどうかが分かりますから。 最好兩隻腳都試穿一下，看穿起來舒不舒服。
	60	両方とも試着してもいいですか。 兩種款式都試試看可以嗎？
	61	これも試着してみてはいかがでしょうか。 試試這件／雙。

找更衣室	62	どこで試着できますか。 我可以在哪裡試穿？
	63	試着室はどこですか。 請問更衣室在哪裡？
	64	試着室はこちらです。 更衣室在這邊。

| 照鏡子 | 65 | 鏡はありますか。 哪裡有鏡子？ |
| | 66 | いかがですか。 好看嗎？ |

合身	67	サイズは大丈夫ですか。 尺寸還合適嗎？
	68	いかがですか。 怎麼樣？
	69	サイズはぴったりですね。 好像很合適。
	70	サイズはちょうどいいです。 這剛好是我的尺寸。
	71	いいと思います。 好像不錯。
	72	結構似合ってると思います。 這個適合我。

| 不合身 | 73 | サイズがちょっと合わないですね。 不合身。 |

194

試着室 試衣間

衣服太緊	**74**	ウェストのところがちょっときついですね。	腰部有點緊。
衣服太鬆	**75**	ちょっと大きすぎますね。	這件太大了。
衣服太長	**76**	ちょっと長いですね。	這件太長了。
衣服太短	**77**	ちょっと短いですね。	這件太短了。
鞋子太大	**78**	サイズがちょっと大きいです。	尺寸太大了。
鞋子太緊	**79**	先のほうがちょっときついです。	這雙鞋的前面太緊了。
不舒服	**80**	着心地はあまり良くないですね。	我覺得穿起來不太舒服。
換尺寸	**81**	同じ色の大きいサイズってありますか。	你有沒有同樣顏色大一點的？
	82	ちょっときついですね。もうちょっと大きいサイズってありますか。 太緊了。有沒有大一點的？	
	83	ひとつ下のサイズのをください。	請拿小一號的給我。
換低跟的 鞋子	**84**	ローヒールの靴はありませんか。 有沒有跟比較低的鞋子？	

買物：ジュエリー・時計

かいもの　　　　　　　　　とけい

Part 16

購 物 ： 首 飾 及 手 錶

1 ネックレス 項鍊

2 ピアス（穿洞式）耳環
（「夾式」耳環為イヤリング）

3 ブレスレット 手

4 指輪 戒指

5 ブローチ 胸針

6 パール 珍珠

7 琥珀 琥珀

8 玉 <ruby>玉<rt>ぎょく</rt></ruby>

9 ルビー 紅寶石

10 サファイア 藍寶石

11 エメラルド 翡翠

12 クリスタル
水晶

13 シルバー 銀

15 ダイヤモンド 鑽石

14 ゴールド 金

17 機械時計 機械錶
<ruby>き<rt></rt></ruby>

16 デジタル時計 電子 錶

19 時計バンド 錶帶

18 懷中時計
懷錶

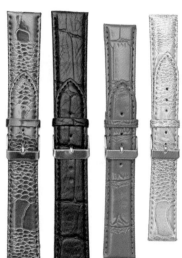

20 時針 時針

21 分針 分針

22 秒針 秒針

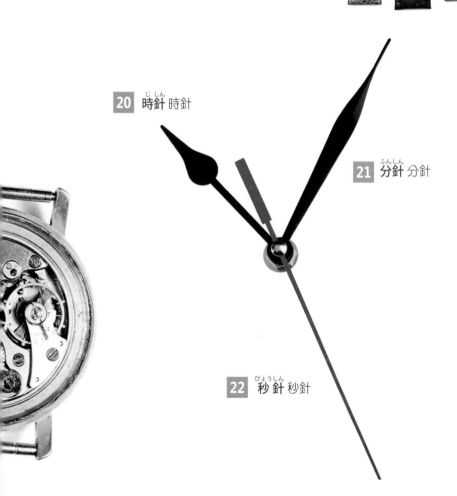

2 → 会話（會話）

01 腕時計を買う 買手錶 🎧99

佐藤　メンズの腕時計をいくつか見せてもらってもいいですか。

店員　はい。こちらでございます。

佐藤　どんな機能がついていますか。

店員　これは夜光時計で、時間通知の機能もついております。

佐藤　防水ですか。

店員　はい。それにこの機種は世界保証対象となっております。

佐藤　じゃ、これにしましょう。時間をセットしておいてもらえませんか。

佐藤	我想看一些男錶。
店員	好的。在這裡。
佐藤	這只有什麼功能？
店員	它有夜光功能，還可以報時。
佐藤	防水嗎？
店員	防水，而且還有全球聯保。
佐藤	好，我就買這支了。請幫我調好時間好嗎？

02 ネックレスを買う 買項錬 🎧100

田中
: ショーウインドウにあるネックレスをちょっと見せてもらってもいいですか。

店員
: はい。こちらでよろしいでしょうか。

田中
: いいえ。隣のです。

店員
: こちらです。どうぞ。

田中
: ありがとうございます。これは何の石ですか。

店員
: 南アフリカ産のルビーでございます。ちょっとつけてみてはいかがですか。

田中
: はい。お願いします。ちなみにいくらですか。

店員
: 2万円になります。

田中
: 綺麗ですね。じゃ、これにします。

田中 　請把櫥窗裡那條項錬拿給我看一下。

店員 　好。是這一條嗎？

田中 　不是，旁邊那條。

店員 　這是您要看的項錬。

田中 　謝謝。這是什麼寶石？

店員 　這是南非紅寶石。要不要試戴看看？

田中 　好。麻煩您了。順便問一下，這條多少錢？

店員 　2萬日圓。

田中 　很好看，那我就這買這條了。

01 買珠寶首飾 101

請店員拿商品	❶ ショーウインドウにあるネックレスを見せてもらってもいいですか。 我可以看一下櫥窗裡的項鍊嗎？
買珍珠項鍊	❷ パールのネックレスを探しているんですけど。 我想看一下珍珠項鍊。 ❸ この真珠は天然ですか、それとも人工ですか。 這珍珠是天然的還是人造的？
買寶石	❹ これは何の石ですか。 這是哪一種寶石？ ❺ この石はどこのですか。 這個寶石是哪裡產的？
買K金	❻ このゴールドは何金ですか。 這是幾K金的？ ❼ 18金でございます。 這是18K金的。
買鑽石	❽ これは本物のダイヤモンドですか。 這是真鑽嗎？
鑑定書	❾ 鑑定書はついていますか。 附有鑑定書嗎？
量指圍	❿ この指輪のサイズは何ですか。 這枚戒指是幾號的？ ⓫ ちょっと指のサイズを測ってもらってもいいですか。 你能不能幫我量一下指圍？
要求試戴	⓬ ちょっとつけてみてもいいですか。 可以試戴嗎？
照鏡子	⓭ ちょっと鏡で見てみたいんですけど。 我想照一下鏡子。
其他款式	⓮ 他のデザインはありませんか。 有別的款式嗎？

02 買手錶 ₁₀₂

請店員拿 手錶	**15** それをちょっと見せてもらってもいいですか。
	我可以看看這支錶嗎？（指著手錶説）
	16 左 から 2 番目の時計をちょっと見せてもらってもいいですか。
	我可以看從左邊數第二支手錶嗎？
想看女錶	**17** レディースの時計をちょっと見せてもらってもいいですか。 我想看女錶。
想看男錶	**18** メンズの時計をちょっと見せてもらってもいいですか。 我想看男錶。
買對錶	**19** ペアウォッチはありますか。 你們賣對錶嗎？
買勞力士	**20** メンズのロレックスってありませんか。 有男士的勞力士錶嗎？
買防水錶	**21** 防水時計を探しているんですけど。 我想買防水手錶。
詢問手錶功能	**22** この時計はどんな機能がついていますか。
	這支錶有什麼功能？
是否防水	**23** この時計は防水ですか。 這支防水嗎？
是否防震	**24** この時計は耐震ですか。 這支防撞嗎？
能不能計時	**25** この時計は時間を計れますか。 這支錶有計時功能嗎？
調節錶帶	**26** 時計のバンドは 調 節できますか。 錶帶可以調節嗎？
調時間	**27** 時間をセットしてもらえませんか。 請幫我調好時間。
有無 保證書	**28** 品質保 証 書はついていますか。 有附保證書嗎？

買物：化粧品
かいもの　けしょうひん

Part 17

購 物 ： 化 妝 品

2 化粧品 化妝品

1 香水 香水

3 マスカラ 睫毛膏

4 口紅 口紅

6 マニキュア 指甲油

5 アイシャドウ 眼影

7 ファンデーション 粉底

8 チーク 腮紅

9 グロス 唇蜜

10 ルースパウダー 蜜粉

11 メイクブラシ 刷子

12 乳液（にゅうえき）乳液

13 クリーム 面霜

14 ジェル 凝膠

15 パック 面膜

209

香水

1	コロン	古龍水
2	香り	香味
3	淡い	味道淡的
4	濃い	味道濃的
5	トップノート	前味
6	ミドルノート	中味
7	ラストノート	後味
8	フローラルな香り	花香調
9	ウッディな香り	木質調
10	柑橘系の香り	柑橘調

化妝品

11	アイブロウペンシル	眉筆
12	コンシーラー	遮瑕膏
13	アイライナー	眼線筆
14	アイラッシュカーラー	睫毛夾
15	パフ	粉撲

保養品

16	<ruby>保湿液<rt>ほしつえき</rt></ruby>	保濕用品
17	エッセンス	精華液
18	<ruby>脂性肌<rt>しせいはだ</rt></ruby>	油性皮膚
19	<ruby>乾燥肌<rt>かんそうはだ</rt></ruby>	乾性皮膚
20	<ruby>敏感肌<rt>びんかんはだ</rt></ruby>	敏感性皮膚
21	にきび	痘痘
22	<ruby>黒ずみ<rt>くろ</rt></ruby>	黑頭粉刺

① <ruby>香水<rt>こうすい</rt></ruby>を<ruby>買<rt>か</rt></ruby>う 買香水 🎧105

<ruby>店員<rt>てんいん</rt></ruby>	いらっしゃいませ。お<ruby>伺<rt>うかが</rt></ruby>いしましょうか。
<ruby>佐藤<rt>さ とう</rt></ruby>	<ruby>香水<rt>こうすい</rt></ruby>を<ruby>探<rt>さが</rt></ruby>しているんですけど。<ruby>淡<rt>あわ</rt></ruby>い<ruby>香<rt>かお</rt></ruby>りのはありますか。
<ruby>店員<rt>てんいん</rt></ruby>	こちらはいかがですか。お<ruby>茶<rt>ちゃ</rt></ruby>の<ruby>香<rt>かお</rt></ruby>りで、<ruby>本店<rt>ほんてん</rt></ruby>では<ruby>一番<rt>いちばん</rt></ruby><ruby>売<rt>う</rt></ruby>れ<ruby>筋<rt>すじ</rt></ruby><ruby>商品<rt>しょうひん</rt></ruby>でございます。よろしければ<ruby>少<rt>すこ</rt></ruby>しお<ruby>試<rt>ため</rt></ruby>しになりませんか。
<ruby>佐藤<rt>さ とう</rt></ruby>	いい<ruby>匂<rt>にお</rt></ruby>いですね。いくらですか。
<ruby>店員<rt>てんいん</rt></ruby>	４<ruby>千円<rt>せんえん</rt></ruby>でございます。
<ruby>佐藤<rt>さ とう</rt></ruby>	じゃ、これにします。

店員	歡迎光臨。有什麼可以為您服務的嗎？
佐藤	我想買香水，你們有沒有清淡一點的？
店員	這瓶怎麼樣？它是綠茶的味道，賣得非常好。您可以試用看看。
佐藤	真好聞。這瓶多少錢？
店員	４千日圓。
佐藤	好，那我就買這一瓶。

❷ 口紅を買う 買口紅 (106)

店員	いらっしゃいませ。何かお探しですか。
佐藤	ディオールの新発売の口紅ってありますか。
店員	はい。何色がよろしいでしょうか。
佐藤	何か特別な色ってありますか。
店員	こちらのはいかがですか。
佐藤	ちょっとつけてみても大丈夫ですか。
店員	はい、どうぞ。この口紅は潤い効果もございます。
佐藤	いい感じですね。これにします。

店員	歡迎光臨。請問需要什麼？
佐藤	你們有迪奧最新出的口紅嗎？
店員	有啊，您想要什麼顏色？
佐藤	有沒有特別一點的顏色？
店員	這支怎麼樣？
佐藤	我可以試一下嗎？
店員	可以，請吧。這一款口紅的滋潤度很好。
佐藤	感覺不錯，就買這支了。

01 買香水 🎧 107

買香水	❶ 香水を探しているんですけど。	我想買香水。
指定品牌	❷ シャネルの新発売の香水ってありますか。 你們有沒有香奈兒最新出的香水？	
特定香味	❸ バラの香りのはどれですか。	哪一瓶香水有玫瑰的味道？
味道淡	❹ ちょっと淡い香りのがいいです。	我想要清淡一點的。
詢問後味	❺ この香水のラストノートは何ですか。	這瓶香水的後味是什麼？
試用品	❻ これのサンプル品はありませんか。	這個有沒有試用品？
試聞香水	❼ ちょっと匂いを試してみてもいいですか。	可以試聞嗎？
試噴香水	❽ ちょっとつけてみても大丈夫ですか。	可以試擦嗎？
暢銷品	❾ どれが一番売れていますか。	哪一瓶香水賣得最好？
詢問容量	❿ この香水はどのぐらいの容量がありますか。	這瓶香水有多少毫升？

02 買化妝品或保養品 🎧108

詢問膚質	**11** お客様のお肌のタイプは？ 請問您是什麼膚質？
	12 脂性肌と、乾燥肌と敏感肌のどのタイプでしょうか。 請問是油性肌膚、乾性肌膚還是敏感性肌膚？
油性皮膚	**13** これは脂性肌用でございます。 油性肌膚用的。
	14 私は脂性肌です。 我是油性肌膚。
乾性皮膚	**15** 私は乾燥肌です。 我是乾性肌膚。
敏感性皮膚	**16** 私は敏感肌です。 我是敏感性肌膚。
問產品功能	**17** これはどんな特別な効果がありますか。 這樣產品有什麼功效？
問產品用法	**18** この乳液はどうやって使いますか。 這種乳液要怎麼用？
買乳液	**19** 乳液をふたつください。 我要買兩瓶乳液。
買防曬粉底	**20** 日焼け止めファンデーションを探しています。 我想找能防曬的粉底。
彩妝顏色	**21** この色はとてもお似合いですよ。 這個顏色很適合你。
	22 もうちょっと明るいのがいいです。 我想要亮一點的顏色。
	23 ディオールの新発売の口紅ってありますか。 你們有沒有迪奧最新出的口紅？
試擦指甲油	**24** このマニキュアをちょっとつけてみてもいいですか。 我可以試擦這瓶指甲油嗎？
買睫毛膏	**25** このふたつのマスカラはどう違いますか。 這兩支睫毛膏有什麼不同？
	26 こちらのは増長効果がございまして、そちらのはカーリングの効果が ございます。 這款是加長型，這款是卷翹型。

買物：スーパーで

Part 18

購 物：逛 超 市

スーパー 超市

果物屋 水果店

3 買い物かご 購物籃

4 カート 購物推車

6 インスタントラーメン 泡麵

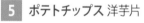

5 ポテトチップス 洋芋片

7 チョコレート 巧克力

8 シャンプー 洗髪精

9 リンス 護髪乳

10 歯ブラシ（は） 牙刷

11 歯磨き粉（は みが こ） 牙膏

12 生理用ナプキン（せい り よう） 衛生綿

13 ティッシュ 面紙

14 制汗剤（せい かん ざい） 止汗劑

15 髭剃り（ひげ そ） 刮鬍刀

17 日焼け止め（ひ や ど）
防曬油

16 髭剃りクリーム（ひげ そ）
刮鬍膏

18 ミネラルウォーター 礦泉水

19 ジュース 果汁

20 リンゴ 蘋果

21 オレンジ 柳橙

22 ブドウ 葡萄

25 パイナップル 鳳梨

23 キウイ 奇異果

24 スイカ 西瓜

26 バナナ 香蕉

27 イチゴ 草莓

28 レモン 檸檬

29 さくらんぼ
櫻桃

30 ココナッツ 椰子

31 メロン 哈蜜瓜

32 モモ 桃子

33 ミカン 橘子

36 マンゴー 芒果

34 洋梨 西洋梨

35 パッションフルーツ
百香果

37 アボカド
酪梨

<ruby>会話<rt>かいわ</rt></ruby>（會話）

<ruby>八百屋<rt>やおや</rt></ruby>で<ruby>果物<rt>くだもの</rt></ruby>を<ruby>買<rt>か</rt></ruby>う 在蔬果店買水果 🎧110

<ruby>佐藤<rt>さとう</rt></ruby>	すみません。りんごはありますか。
<ruby>店員<rt>てんいん</rt></ruby>	はい。あちらにございます。
<ruby>佐藤<rt>さとう</rt></ruby>	お<ruby>値段<rt>ねだん</rt></ruby>は<ruby>個数<rt>こすう</rt></ruby>によってですか、<ruby>重量<rt>じゅうりょう</rt></ruby>によってですか。
<ruby>店員<rt>てんいん</rt></ruby>	1<ruby>個<rt>こ</rt></ruby>ずつでございます。1<ruby>個<rt>こ</rt></ruby>200<ruby>円<rt>えん</rt></ruby>になります。
<ruby>佐藤<rt>さとう</rt></ruby>	じゃ、2つ<ruby><rt>ふた</rt></ruby>ください。
<ruby>店員<rt>てんいん</rt></ruby>	400<ruby>円<rt>えん</rt></ruby>になります。<ruby>他<rt>ほか</rt></ruby>はいかがですか。
<ruby>佐藤<rt>さとう</rt></ruby>	あとさくらんぼを1パック<ruby><rt>ひと</rt></ruby>ください。
<ruby>店員<rt>てんいん</rt></ruby>	かしこまりました。

<ruby>買<rt>か</rt></ruby>い<ruby>物<rt>もの</rt></ruby>リスト 購物清單

佐藤	不好意思，有賣蘋果嗎？
店員	有，蘋果在那裡。
佐藤	是論個賣還是論斤賣？
店員	論個賣。每個 200 日圓。
佐藤	那要兩個吧。
店員	400 日圓。還要其他的嗎？
佐藤	請再給我一盒櫻桃。
店員	好的。

果物 (くだ もの)
牛乳 (ぎゅうにゅう)
パン
蜂蜜 (はちみつ)
缶詰 (かんづめ)
石鹸 (せっけん)

実店舗 (じってんぽ)
實體店面

オンラインストア
網上商店

全ショップ対象 **お買い物マラソン** ポイント最大**20**倍

楽R天
ICHIBA

クリスマス
特集

ランキング あす楽 送料無料 クーポン オークション 定期購入 中古・買取 ギフト カード スマホ ブックス 電子書籍 価格ナビ 証券 トラ...

ジャンルで絞り込む ▼

検索条件 ▼   検索

検索ワード： 羽毛布団 みかん こたつ iPhone6ケース スタッドレス 加湿器 冷え取り靴下 ダウンジャケット 着る毛布 ホットカーペット

最初に戻る Page 5 / 5

最近チェックしたジャンル
スイーツ・お菓子
ホビー
ワイン
車・バイク
パソコン・周辺機器

ジャンル
電子書籍 楽天Kobo
ファッション・バッグ
家電・パソコン
食品・ドリンク・お酒
インテリア・日用雑貨
スポーツ・ゴルフ
コスメ・健康・医薬品
キッズ・ベビー・玩具
ペット・花・DIY工具
本・音楽・ゲーム
車・バイク
不動産・サービス
ジャンル一覧を見る

目的から探す
季節の特集

初めての
ご利用で
ポイント

ダイヤモンド会員 **4**倍
プラチナ会員 **3**倍
ゴールド会員 **2**倍

出前・宅配は楽天デリバリー

Rakuten BRAND AVENUE
ブランドアウター
ポイント**10**倍
お買い物マラソン

TIME SALE ポイント**10**倍
Rakuten BRAND AVENUE
お買い物マラソン

ショップいちおし
アイテム
オススメ
お買い物マラソン

この時間の
目玉商品 さっそくメイン会場へGO ▶

あす楽
正午までのご注文で
最短翌日にお届け
あす楽トップへ

今日のイチ押し！
千趣会！秋の在庫一掃   やみつきな座り心地！   絶品クリスマスケーキ
話題の冬ギフトを贈る

毎日更新！RaCoupon (ラ・クーポン)

【Super RaCoupon】
【送料無料790円】毎日贅沢に使える！プラセンタ白
金マスク35枚
掲載商品 クーポン利用で **545**円OFF!

クーポン... まとめ... 見る

お買い物マ...
対象6ジャンル
1ジャンル購入ことに
ファッション
日用品

例えば…携帯電話の...
約**1/3**に 楽天

楽天会員に登録(無
お買い物ごとに楽天
初めての方へ

ログイン
楽天PointClub ポイント
ポイント最大20倍！お
ポイント最大10倍！美
エントリー＆医薬品購
楽天のメル...

コミュニティ
楽天公式SNSアカウン
楽天アフィリエイト
今なら、Koboの料率...

🎧 111

尋找超市	**❶ この近くにスーパーはありますか。** 這附近有沒有超市？
營業時間	**❷ 何時までですか。** 你們幾點打烊？
推車	**❸ カートを使いましょう。** 我們還是去推一輛購物車吧。
是否有某產品	**❹ 生理用ナプキンは置いてありますか。** 你們有沒有衛生綿？
詢問商品位置	**❺ シャンプーはどこですか。** 請問洗髮精放在哪裡？ **❻ 歯ブラシはどの列にありますか。** 請問牙刷在哪一條走道？
買整箱飲料	**❼ ビールはケースで買ったほうがお得ですよ。** 啤酒論箱買比較便宜。
按重量出售	**❽ これは重量で販売しております。** 這個秤重計價出售。
按數量出售	**❾ これは 1 パックずつ販売しております。** 這個是一包一包賣的。

| 買水果 | **10** こちらのレモンはいかがですか。 | 買一點檸檬好嗎？ |

挑水果	**11** 一番いいのを選んでもらえますか。	請幫我挑個最好的。
	12 いいのをひとつ選んでもらえますか。	請幫我挑個好一點的。
	13 大きいのを選んでもらってもいいですか。	請挑大一點的。

| 買蛋 | **14** 6個入りのたまごをください。 | 我要買半打雞蛋。 |

| 是否打折 | **15** こちらの歯磨き粉は今日割引価格ですか。 | 這種牙膏今天有折扣嗎？ |
| | **16** これらの割引は今日だけですか。 | 這些只有今天特價嗎？ |

| 有効期限 | **17** 賞味期限はいつですか。 | 保鮮期限到什麼時候？ |

たまご6個入り

たまご12個入り

18 LARGE EGGS

たまご18個入り

値切（ねぎ）りと支払（しはら）い

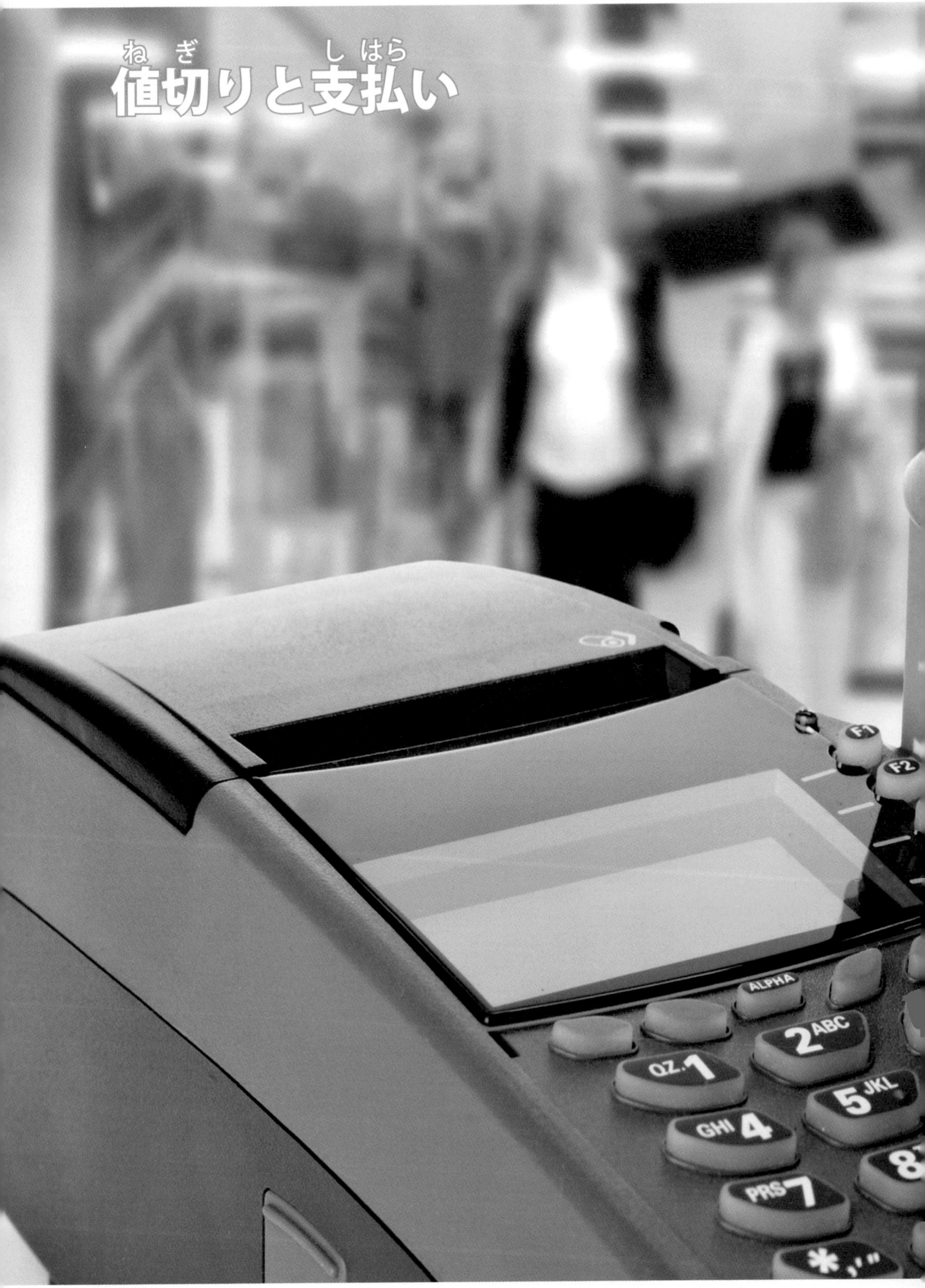

Part 19

殺 價 與 付 款

現金 現金
げんきん

レジ 收銀機

クレジットカード 信用卡

クレジットカード端末機 刷卡機
たんまつき

バーコード 條碼

バーコードスキャナ 條碼掃描器

割引 打折
わりびき

タグ 價格標籤

でんたく
電卓 計算器

やす
安い 便宜的

たか
高い 貴的

りじゅん
利潤 利潤

レシート 收據

ぶくろ
レジ袋 塑膠袋

かみぶくろ
紙袋 紙袋

プレゼント 禮物

229

01 ちょっと 安くしてくれませんか。能不能便宜一點？ 📻113
やす

佐藤 さとう	マネキンが着ているTシャツを見せてもらってもいいですか。 き み
店員 てんいん	はい、どうぞ。白と青とピンクの三色がございます。 しろ あお さんしょく
佐藤 さとう	値段はいくらですか。 ね だん
店員 てんいん	5,000円でございます。 えん
佐藤 さとう	もうちょっと安くしてくれませんか。 やす
店員 てんいん	すでに割引価格になっています。 わりびき か かく
佐藤 さとう	じゃ、青のをください。 あお

佐藤	我想看一下模特兒身上的那件T恤。
店員	好的，這是您要看的T恤。一共有三種顏色：白色、藍色和粉紅色。
佐藤	多少錢一件？
店員	5,000日圓。
佐藤	能不能便宜一點？
店員	已是折後價格。
佐藤	那麼給我拿一件藍色的。

©by Guilhem Vellut

＊日本可以討價還價的店並不多，
　須視狀況應用此單元內容。

02 **あれはいくらですか。** 那一個多少錢呢？ 🎧114

田中 妻にパールをプレゼントしようと思って探しているんですけど。

店員 はい。ご予算はおいくらぐらいになりますか。

田中 そうですね。パールのことはあまり知らないんで。

店員 かしこまりました。ではいくつかお見せします。こちらのは35,000円のもので、いいお品でございます。

田中 割引はありませんか。

店員 ちょうど今はセール中なので、こちらのはすでに割引した後の値段でございます。

田中 あれはいくらですか。

店員 28,000円でございますね。

田中 いいですね、じゃ、あれにします。

田中	我想幫我太太買一串珍珠當禮物。
店員	好的。請問您的預算是多少？
田中	這個嘛……我不大清楚珍珠的行情。
店員	明白了。那麼我給您看一些樣品。這串很好看，價格是 35,000 日圓。
田中	可以打個折扣嗎？
店員	我們正在特賣，這已經是折後價了。
田中	那條多少錢？
店員	28,000 日圓。
田中	好，我就買那串。

3 使える表現（常用表達）

01 詢問產品價格 🎧115

詢問價格

❶ いくらですか。 多少錢？

❷ これはいくらですか。 這個多少錢？

❸ 値段はいくらですか。 價格是多少？

❹ いくらで売ってますか。 你説這個要多少錢？

❺ この値段はいくらですか。 這個定價多少？

❻ ふたつでいくらですか。 買兩個多少錢？

說明價格

❼ たったの千円ですよ。 這個只要 1,000 日圓。

❽ たったの百円ですよ。 只要 100 日圓。

❾ 一足 8 千円です。 每雙 8,000 日圓。

❿ 元々 1 万円が、今は 10%オフになっております。
原價 1 萬日圓，現在打九折。

⓫ この小売価格は 900 円です。 這個零售價是 900 日圓。

價格在標籤上

⓬ 靴の値段はタグにございます。
鞋子的價格在標籤上。

總計多少錢

⓭ 全部でいくらですか。 總共多少錢？

⓮ あれは全部でいくらですか。 那個總計多少錢？

⓯ 10 万円になります。 一共是 10 萬日圓。

⓰ 全部で 4 万円になります。 共計 4 萬日圓。

比較價錢

⓱ これとあれの値段は違いますか。 這個和那個價錢有什麼差別？

⓲ 安いほうが 3,000 円です。 比較便宜的那個是 3,000 日圓。

⓳ あれも同じ値段ですか。 那件價格一樣嗎？

232

⓴ このふたつの値段は同じです。　這兩個價格一樣。
<small>ね だん　　おな</small>

優惠期限　**㉑** 割引は 6 月 20 日までです。　優惠價只到 6 月 20 日。
<small>わりびき　ろくがつはつか</small>

---

02 覺得太貴 🎧 116

太貴　　**㉒** 高いですね。　太貴了啦！
<small>たか</small>

㉓ これはちょっと高いですね。　我覺得這個有點貴。
<small>たか</small>

㉔ 値段はちょっと高過ぎます。　價格太高了。
<small>ね だん　　　　　たかす</small>

產品不值
這個價　**㉕** ブローチにしてはちょっと高いですね。
<small>たか</small>
　　　　　　胸針賣這個價格好像太貴了。

㉖ この値段はちょっとおかしいです。　這個價錢不合理。
<small>ね だん</small>

買不起　　**㉗** その値段では買えませんね。　這個價錢我買不起。
<small>ね だん　　　　か</small>

商家已表示「値切り行為はご遠慮ください。（不議價）」，表示不願意降價，遊客就不應該再開口殺價，以免顯得不禮貌，成為不受歡迎的顧客。

03 討價還價

| 有沒有打折 | **28** 割引はありますか。 有折扣嗎？ |
| | **29** 今日、割引の皮製品ってありますか。 你們今天皮件在打折嗎？ |

| 打幾折 | **30** 何割引ですか。 你們打幾折？ |

| 特價後的價格 | **31** これは割引した後の値段ですか。 |
| | 這是特價後的價格嗎？ |

| 再便宜一點 | **32** もうちょっと割引してくれませんか。 你可以把價錢降低一點嗎？ |
| | **33** もうちょっと安くしてくれませんか。 不能再便宜一點嗎？ |

多買有沒有折扣	**34** ふたつ買うと割引がありますか。 買兩個能不能便宜一點？
	35 もうちょっとお買い上げいただくと少し割引ができますが。
	如果您多買一點，我們可以給您更優惠的價格。

比別家便宜才買	**36** 他の店より安い値段にしてくれたら、すぐ買いますけど。
	如果你給我的價錢比別家低，我們就馬上買。
	37 他のところより、うちの値段は結構安く設定しておりますよ。
	跟別人相比，我們的價格一般都比較便宜。

| 打折就買 | **38** 割引してくれたら買いますよ。 你幫我打折我就買。 |

付現是否 比較便宜	**39** 現金払いなら安くしてくれますか。 付現金會便宜一點嗎？
請顧客出 價	**40** ご希望の金額はおいくらですか。　您願意出多少錢？
	41 2割引でよろしいですか。　打八折好嗎？
	42 4,000円でよろしいですか。　4,000日圓好不好？
	43 1,000円にできますか。　這個1,000日圓賣不賣？
	44 3,000円でいいですか。　算3,000日圓好不好？
	45 高くて2,000円ですかね。　我最多只出2,000日圓。
老板的價 格底線	**46** これで一番安いですか。你最低只能賣這個價錢嗎？
	47 これ以上はちょっと難しいですね。　我不能再降了。
	48 これで一番安い値段です。　這已經是最低價了。

49 申し訳ございませんが、これがご提供できる最低価格でございます。

恐怕這些已經是我們所能提供最優惠的條件了。

店家覺得
價錢公道

50 結構安いですよ。　很便宜的。

51 値段は高くないですよ。　價格不貴。

52 値段は良心的です。　我覺得這些價格很公道。

53 他のところより安いですよ。　我們的價錢比別人便宜。

54 うちの値段は比較的安いですよ。

您會發現我們的價格便宜多了喔！

55 28,000円で、絶対損はしませんよ。

28,000日圓。這個價錢你絕對不吃虧的。

折中

56 じゃ、お互いに一歩譲るということでどうですか。

那麼，各讓一步怎麼樣？

一分錢
一分貨

57 品質がいいですから、それなりに割引もかかるんですよ。

看品質，一分錢一分貨啦。

不議價

58 うちの店ではちょっと値切りはいたしかねます。

我們這裡是不議價的。

不二價

59 これは定価でございます。　這是不二價。

04 付款 🎧118

決定要買

60 それにします。　我買了。

61 これを5つください。　我要買5個這個。

詢問付款 地點	🇲 支払いはどこですか。 在哪裡付帳？ <ruby>支<rt>し</rt></ruby><ruby>払<rt>はら</rt></ruby>いはどこですか。 🇲 レジはどこですか。 請問收銀台在哪裡？
詢問付現 或刷卡	🇲 <ruby>全部<rt>ぜんぶ</rt></ruby>で 7,000 <ruby>円<rt>えん</rt></ruby>になります。お<ruby>支払<rt>しはら</rt></ruby>いは<ruby>現金<rt>げんきん</rt></ruby>かクレジットカード、どちらに なさいますか。 一共 7,000 日圓。付現還是刷信用卡？ 🇲 クレジットカードで。 刷信用卡。
是否能刷 卡	🇲 クレジットカードは<ruby>使<rt>つか</rt></ruby>えますか。 我可以刷信用卡嗎？
還沒找錢	🇲 まだおつりはもらっていません。 你還沒找我錢。
找錯錢	🇲 おつりがちょっと<ruby>足<rt>た</rt></ruby>りないみたいですけど。 你找的錢不對。 🇲 1 <ruby>万円札<rt>まんえんさつ</rt></ruby>を<ruby>渡<rt>わた</rt></ruby>しましたよ。 我給你的是 1 萬日圓的紙鈔。
索取收據	🇲 レシートをもらえますか。 請給我一張收據好嗎？

05 退税 (119)

購物時，若購買電器、服裝、箱包、藥妝、食品、飲料，要記得向店家申請退稅。

| 價錢是否含稅 | 71 この値段は税込みですか。 這個價錢含稅嗎？ |
| | 72 税込みですか。 含稅嗎？ |

| 產品是否免稅 | 73 これは免税ですか。 |
| | 這個是免稅的嗎？ |

| 是否可以退稅 | 74 これは税金の払い戻しができますか。 |
| | 這個可以退稅嗎？ |

| 退稅 | 75 いくら買えば税金の払い戻しができますか。 |
| | 我要買多少才能退稅？ |

| 退稅金額 | 76 いくら返ってくるんですか。 請問會退多少錢？ |
| | 77 払い戻しはいくらになるんですか。 請問會退多少錢？ |

| 如何退稅 | 78 税金還付の手続きはどうやってできますか。 |
| | 請問要如何辦理退稅？ |

| 索取退稅單 | 79 税金還付の申込用紙をください。 |
| | 請給我一張退稅單好嗎？ |

| 要求出示護照 | 80 パスポートをお願いします。 |
| | 請出示您的護照。 |

06 商品包裝 🎧120

不要盒子	**81** 箱^{はこ}は要^いらないです。我不要盒子。	

不要盒子　**81** 箱は要らないです。 我不要盒子。

索取袋子　**82** 袋をもらえますか。
　　　　　　請給我一個袋子好嗎？

分開包裝　**83** ラッピングは別々でお願いします。　麻煩分開包。
　　　　　　84 それぞれ別の袋に入れてもらってもいいですか。
　　　　　　可以幫我每樣分別放入不同的袋子嗎？

撕掉標籤　**85** タグをはずしてもらえますか。　可以請你把價格標籤撕掉嗎？

禮品包裝　**86** プレゼント用にラッピングしてもらえますか。　可以幫我包禮品包裝嗎？

商品運輸　**87** 台湾まで送ってもらえますか。　可以幫我寄到台灣嗎？

詢問運費　**88** 送料はいくらですか。　運費要多少？

郵遞時間　**89** 船でどれぐらいかかりますか。　這個寄海運要多久？

写真撮影・カメラの購入

Part 20

拍照 & 買相機

1 しゃしん を 撮る 拍照

2 写真 照片

3 ビデオカメラ 攝影機

4 画素 像素

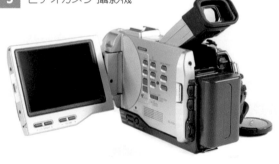

6 シャッター 快門

7 フラッシュ 閃光燈

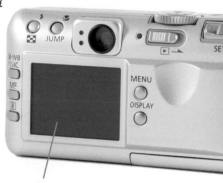

8 レンズ 鏡頭

9 液晶 ディスプレイ
液晶螢幕

5 デジタルカメラ 數位相機

10 メモリーカード 記憶卡

11 フィルム 底片

❶ 單字

13 ズームイン 放大

12 ズームアウト 縮小

14 三脚<ruby>三脚<rt>さんきゃく</rt></ruby> 三腳架

16 <ruby>充電器<rt>じゅうでん き</rt></ruby>
充電器

15 <ruby>電池<rt>でんち</rt></ruby>／バッテリー 電池

❶ はい、チーズ。笑一個! 🎧122

佐藤 さ とう	すみません。ちょっと写真を撮ってもらってもいいです しゃしん と か。
田中 た なか	いいですよ。
佐藤 さ とう	ここを押してください。できれば後ろの お うし 湖 も写してください。 みずうみ うつ
田中 た なか	いきますよ。はい、チーズ。
佐藤と さ とう 友達 ともだち	チーズ。
田中 た なか	はい。
佐藤 さ とう	ありがとうございます。

佐藤	不好意思，可以幫我們拍張照嗎？
田中	沒問題。
佐藤	按這裡就可以了（指著快門說） 我們要以湖為背景。
田中	笑一個。
佐藤和朋友	（笑）
田中	好了。
佐藤	謝謝!

02 写真をプリント 列印照片 (123)

佐藤	ここで写真をプリントできますか。
店員	はい。ちょっと見せていただいてもよろしいでしょうか。
佐藤	はい。
店員	写真のサイズはどうなさいますか。
佐藤	レギュラーでいいです。どれぐらいかかりますか。
店員	4時間で出来上がります。
佐藤	分かりました。じゃ、夜また来ます。

佐藤	我可以在這裡列印照片嗎？
店員	當然可以，我看看。
佐藤	給。
店員	您要列印多大的尺寸？
佐藤	一般的就行。需要多長時間？
店員	只要4個小時。
佐藤	好，那我今天晚上來拿。

3 使える表現（常用表達）

01 拍照 🎧124

請人拍照	**1** 写真を撮ることができますか。	可以拍照嗎？
	2 ちょっと写真を撮ってもらってもいいですか。	你能幫我拍張照嗎？

選擇背景	**3** 海辺の景色をバックに写してもらってもいいですか。
	用海邊的景色幫我作背景。

告知快門 按鈕位置	**4** ここを押せば大丈夫です。
	按這裡就行了。

幫人拍照	**5** ちょっと写真を撮らせてもらってもいいですか。
	我可以拍一張（你）的照片嗎？

準備拍照	**6** 撮りますよ。	準備拍了哦。

笑一個	**7** 笑って。	笑一笑。
	8 チーズ。	笑一個。

請求合照	**9** 一緒に入りませんか。	可以一起照張相嗎？
	10 一緒に写真を撮ってもらってもいいですか。	我可以和你合照嗎？

再拍一張	**11** もう1枚お願いします。	再拍一張。

是否可照 相	**12** ここで写真を撮ってもいいですか。	我可以在這裡拍照嗎？
	13 ここでの写真撮影は大丈夫ですか。	這裡可以拍照嗎？

自撮り 自拍

是否可用
閃光燈

⑭ フラッシュを使っても
いいですか。
可以用閃光燈嗎？

是否可錄
影

⑮ 録画しても大丈夫ですか。
我可以錄影嗎？

⓸ 購買記憶卡與列印照片 🎧125

購買記憶
卡

⑯ 36GB のメモリーカードをください。 我要 36 GB 的記憶卡。

列印照片

⑰ この写真をプリントしてもらえませんか。
你可以幫我列印這張照片嗎？

⑱ この写真をプリントしたいんですけど。 我要列印這張照片。

列印尺寸

⑲ 写真はどのサイズになさいますか。 您要列印什麼尺寸的？

⑳ 5 かける 7 のでお願いします。 我要列印 5 乘 7 的。

㉑ レギュラーでいいです。 一般尺寸就行。

到照相館
拿照片

㉒ いつ取りに来たらいいですか。
我什麼時候可以來拿相片？

買電池

㉓ バッテリーは置いてありますか。 你們有賣電池嗎？

㉔ このようなバッテリーを探してるんです。
我要像這樣的電池。（拿電池給店家看）

⓪⓷ 買相機與修理相機 ⑫⑥

買照相機	㉕ **カメラを買いたいんですが。** 我想買相機。	

詢問相機 種類	㉖ **どんな機種をお探しですか。** 您想買什麼樣的照相機？

尋找數位 相機	㉗ **これはデジカメですか。** 這台是數位相機嗎？

詢問相機 功能	㉘ **これはどんな機能がついていますか。** 這一款相機有什麼功能？
	㉙ **このふたつはどう違いますか。** 這兩款相機有什麼不同？

相機像素	㉚ **このカメラの画素数はいくらですか。** 這台相機的像素是多少？

自動對焦	㉛ **このカメラはオートフォーカスですか。** 這台相機是自動對焦嗎？

試用產品	㉜ **ちょっと撮ってみてもいいですか。** 我可以試用一下嗎？

詢問按鈕 功用	㉝ **このボタンは何ですか。** 這個按鈕有什麼用途？

相機好操 作	㉞ **このカメラはとても使いやすいです。** 這台非常好操作。

一眼レフカメラ　單眼相機

ズームレンズ　變焦鏡頭

オートフォーカスカメラ・コンパクトカメラ
全自動對焦相機／傻瓜相機

產品耐用	35 一番 丈 夫なのはどれですか。　哪一種最耐用？
廣角功能	36 このレンズは広角レンズですか。　這個鏡頭是廣角的嗎？
更換鏡頭	37 レンズは交換できますか。　可以換鏡頭嗎？
記憶卡容量	38 メモリーカードの容 量 はどれぐらいあるんですか。 記憶卡的容量是多少？
修理相機	39 このカメラはちょっとおかしいんです。　我的相機有點問題。
	40 シャッターが押せないんです。　快門按不下去。
	41 修 理にはいくらかかりますか。　修理這個要多少錢？

249

京都

KYOTO G

Part 21

郵便局

POST OFFICE

在 郵 局

2 きって 切手 郵票

1 ゆうびんきょく 郵便局 郵局

5 ふうとう 封筒 信封

3 ゆうびん 郵便ポスト 郵筒

4 はがき 葉書 明信片

6 ゆうパック 包裹

7 エアメール 航空郵件

2 ・キーワード（關鍵字） 🎧128

1	<ruby>郵送<rt>ゆうそう</rt></ruby> <ruby>料<rt>りょう</rt></ruby>	郵資
2	<ruby>消印<rt>けしいん</rt></ruby>	郵戳
3	<ruby>秤<rt>はかり</rt></ruby>	磅秤
4	<ruby>壊れ物<rt>こわ もの</rt></ruby> / <ruby>割れ物<rt>わ もの</rt></ruby>	易碎品
5	<ruby>記念切手<rt>きねんきって</rt></ruby>	紀念郵票
6	<ruby>差出人<rt>さしだしにん</rt></ruby>	寄件人
7	<ruby>受取人<rt>うけとりにん</rt></ruby>	收件人
8	<ruby>郵送先<rt>ゆうそうさき</rt></ruby>／<ruby>宛先<rt>あてさき</rt></ruby>	收件地址
9	<ruby>普通郵便<rt>ふつうゆうびん</rt></ruby>	一般郵件
10	<ruby>国際<rt>こくさい</rt></ruby>スピード<ruby>郵便<rt>ゆうびん</rt></ruby>（EMS）	國際快捷
11	<ruby>書留<rt>かきとめ</rt></ruby>	掛號信（郵件）
12	<ruby>速達<rt>そくたつ</rt></ruby>	限時
13	<ruby>重量超過<rt>じゅうりょうちょうか</rt></ruby>	超重的
14	<ruby>保険<rt>ほけん</rt></ruby>	保險
15	<ruby>印刷物<rt>いんさつぶつ</rt></ruby>	印刷品

<ruby>秤<rt>はかり</rt></ruby> 磅秤

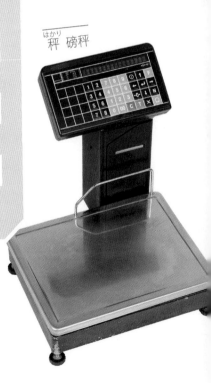

日本から台湾までゆうパックを送る

從日本寄包裹到台灣 (129)

佐藤	おはようございます。これを台湾まで送りたいんですけど。
郵便局員	航空便と船便、どちらにしますか。
佐藤	航空便と船便、それぞれどれぐらいかかりますか。
郵便局員	船便は船の運行状況によって、2週間ぐらいかかりますが、航空便なら1週間ぐらいですね。
佐藤	これは航空便でいくらかかりますか。
郵便局員	ちょっと量ってみますね。2キロですから、3,000円です。
佐藤	ありがとうございます。それなら大丈夫です。

佐藤	早安，我想寄這個包裹到台灣。
郵局人員	航空郵件還是海運？
佐藤	航空郵件和海運，各需要花多長的時間？
郵局人員	嗯，海運需要二個禮拜，視船的航行情況而定。航空郵件則是約一週的時間。
佐藤	這個包裹的航空郵資是多少？
郵局人員	我來幫你稱一下重量，2公斤。需要 3,000 日圓。
佐藤	謝謝。這樣可以。

4 使える表現（常用表達）

01 購買郵政產品與寄信 🎧130

**尋找郵票
售賣窗口**

❶ すみません。切手はどこで買いますか。
對不起，請問我應該在哪裡買郵票？

❷ 切手はどの窓口ですか。 哪一個窗口賣郵票？

❸ 右から3番目のカウンターです。 右邊第三個櫃檯就是。

購買郵票

❹ どんな切手になさいますか。 你要哪種郵票？

❺ 80円の切手を9枚ください。 請給我9張80日圓的郵票。

❻ 全部で720円になります。 這些郵票一共是720日圓。

❼ 記念切手を買いたいんですが。 我想買幾張紀念郵票。

買信封

❽ 封筒はありますか。 這裡有賣信封嗎？

買明信片

❾ 葉書を買いたいんですが。 我想買幾張明信片。

❿ 何枚ですか。 您要幾張明信片？

**尋找寄包
裹櫃檯**

⓫ ゆうパックのカウンターはどこですか。
寄包裹的櫃檯在哪裡？

寄包裹

⓬ これを台北まで送りたいんですが。
我想寄這個包裹到台北。

⓭ ゆうパックの大きさと重量の上限はいくらですか。
郵寄包裹的大小和限重是多少？

郵便ポスト 郵筒

| 郵件秤重 | ⑭ この手紙を量ってもらってもいいですか。 請幫我秤一下這封信好嗎？ |
| | ⑮ 荷物を秤に置いてください。 請把包裹放在秤上。 |

| 郵件限重 | ⑯ 最大重量はいくらですか。 最高限重是多少？ |
| | ⑰ 一つにつき最大 2 キロまでです。 每包限重 2 千克。 |

| 郵件超重 | ⑱ この手紙は 10 グラム重量オーバーです。 你的信超重 10 克。 |
| | ⑲ 10 円の超過料金をいただきます。 你必須另外付 10 日圓的超重費。 |

| 貴重物品 | ⑳ 何か貴重品が入っていますか。
信裡面有貴重物品嗎？ |

| 是否有易
碎品 | ㉑ 壊れ物はありませんか。
裡面有易碎品嗎？ |

郵便屋さん 郵差

郵便箱 信箱

私書箱 郵政信箱

郵件寄出 時間	22 今日の集荷に間に合いますか。
	請問我來得及寄今天的末班郵件嗎？
	23 申し訳ありませんが、今日の集荷はすでに終了しました。
	對不起，最後一批郵件恐怕已經發出去了。

02 選擇郵寄方式 131

郵寄方式	24 どの方法で送りますか。 您想用什麼方式寄？
	25 普通でよろしいですか。 寄普通郵件？
	26 エアメールでよろしいですか。 您要寄航空郵件嗎？
郵寄地址	27 どちらへ送りますか。 您要寄到哪裡？
	28 受取人の住所を必ず書いてください。 請務必把收信人地址寫清楚。

257

限時	㉙	速達でお願いします。 這封信我想寄快捷。

航空郵件	㉚	書留のエアメールでお願いします。 這封信要寄航空掛號。
	㉛	航空便のほうがお勧めです。船便はだいぶ時間がかかります。 最好寄航空件，海運要花滿長的時間。

掛號	㉜	これを書留でお願いします。レシートをください。 這封信請寄掛號，我要收據。
	㉝	隣の窓口が書留の受け付けです。 隔壁窗口是掛號信窗口。

詢問郵遞 時間	㉞	普通ではどれぐらいかかりますか。 普通郵件要多長時間？
	㉟	長くて一週間ですね。 最久可能要一星期。
	㊱	エアメールは普通 1 週間かかりますね。 航空郵件通常要七天。

最快寄達 的方式	㊲	この荷物を送る一番早い方法は何ですか。 寄這個包裹最快要用什麼方式？
	㊳	EMS が一番早いですが、料金は少し高くなります。 EMS 最快，不過費用比較高。

保險	㊴	こちらの郵便物に保険をかけますか。 您的郵件要加保險嗎？
	㊵	紛失や損害などを考えると、保険をかけるのがお勧めです。 您的郵包應該要加保險，以免遺失或損壞。
	㊶	保険料はいくらですか。 保險費是多少？
	㊷	郵便物の価値によりますね。 那得視價值而定。
	㊸	保険料は 400 円になります。 保險費是 400 日圓。

詢問郵資　⓸ これらの手紙でいくらですか。 寄這些信要多少錢？

⓹ 全部で 1,500 円になります。 一共是 1,500 日圓。

⓺ 80 円分の切手をお買い上げください。 您應該買 80 日圓的郵票。

印刷品　⓻ これらの本は印刷物として送れますか。
這些書我可以寄印刷品嗎？

⓼ これは印刷物です。 這是印刷品。

⓽ 印刷物の料金は割安です。 印刷品的郵資比較便宜。

京 都 中 央 郵 便 局
KYOTO CENTRAL POST OFFICE

でんわ
電話をかける

Part 22

打 電 話

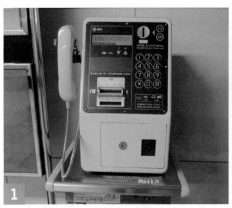

公 衆 電話 公共電話

電話ボックス 電話亭

コイン 硬幣

テレフォンカード 電話卡

携帯電話 手機

ダイヤル 撥號

発信音 撥號音

オペレーター 接線生

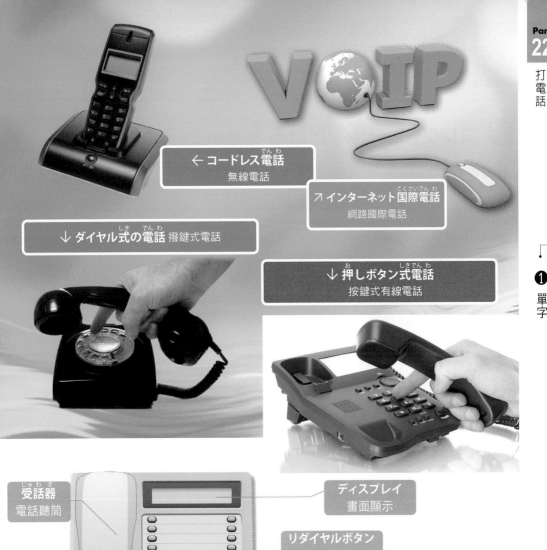

← コードレス電話
無線電話

↗ インターネット国際電話
網路國際電話

↓ ダイヤル式の電話 撥鍵式電話

↓ 押しボタン式電話
按鍵式有線電話

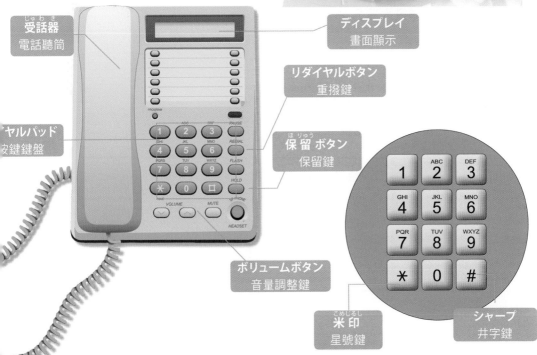

受話器
電話聽筒

ディスプレイ
畫面顯示

リダイヤルボタン
重撥鍵

ダイヤルパッド
按鍵鍵盤

保留ボタン
保留鍵

ボリュームボタン
音量調整鍵

米印
星號鍵

シャープ
井字鍵

1	ABC 2	DEF 3
GHI 4	JKL 5	MNO 6
PQR 7	TUV 8	WXYZ 9
＊	0	#

263

2 会話(會話)
<ruby>会話<rt>かい わ</rt></ruby>

01 コレクトコールをかける 打對方付費電話 🎧133

佐藤 <rt>さ とう</rt>	オペレーターですか。台北までのコレクトコールをお願いします。 <rt>たいぺい ねが</rt>
オペレーター	お名前をお願いします。 <rt>な まえ ねが</rt>
佐藤 <rt>さ とう</rt>	佐藤たけるです。 <rt>さ とう</rt>
オペレーター	電話番号をお願いします。 <rt>でん わ ばんごう ねが</rt>
佐藤 <rt>さ とう</rt>	市外局番は2で、電話番号は 2367 - 9960 です。 <rt>し がいきょくばん でん わ ばんごう</rt>
オペレーター	電話がつながりました。どうぞ。 <rt>でん わ</rt>

佐藤	接線生嗎？我想打一通對方付費電話到台北。
接線生	請問尊姓大名？
佐藤	佐藤健。
接線生	電話號碼是？
佐藤	區碼是 2，電話號碼是 2367-9960。
接線生	已經接通了，請講。

從日本打電話回國的方法 → 1 打市內電話 → 日本電話公司代碼（001010、0033010、0041010 等）+ 台灣國碼 886 + 區域號碼（去掉 0）+ 市內電話號碼

02 公衆電話を探す 尋找公共電話 🎧134

佐藤　すみません。近くに公衆電話はありますか。

田中　あの角にありますよ。

佐藤　そこは国際電話はできますか。

田中　できますよ。でもまずテレフォンカードを買わないとね。

佐藤　それ、どこで買えますか。

田中　あそこのコンビニで売っているはずです。

佐藤　分かりました。どうもありがとうございます。

佐藤　不好意思，請問哪裡有公共電話？

田中　轉角就有一個。

佐藤　那個公共電話可以打國際電話嗎？

田中　可以，不過你要先買電話卡。

佐藤　電話卡應該去哪裡買？

田中　那裡的那家便利商店有賣。

佐藤　明白了。謝謝！

2 打手機

日本電話公司代碼
（001010、0033010、
0041010 等）+
台灣國碼 886 +
手機號碼
（去掉最前面的 0）

01 尋找公共電話與打電話 (135)

買電話卡	**1** テレフォンカードはどこで売っていますか。	請問哪裡有賣電話卡？
	2 国際電話のテレフォンカードを1枚ください。 我要買一張國際電話卡。	
詢問國際 代碼	**3** ここの国番号って何番ですか。 請問這裡的國際代碼是多少？	
尋找公共 電話	**4** 公衆電話はどこにありますか。	請問哪裡有公共電話？
	5 近くに公衆電話はありますか。	這附近哪裡有公共電話？
問公共電 話的用法	**6** すみません。この電話の使い方を教えてもらえませんか。 請問這個電話怎麼用？	
能否打國 際電話	**7** この公衆電話で国際電話はできますか。 這部公共電話可以打國際電話嗎？	
請接線生 轉接	**8** 台北まで国際電話をかけたいんですけど、番号は 2367 − 9960 です。 我要打一通越洋電話到台北，號碼是 2367-9960。	

02 電話用語 (136)

打電話給 國外友人	**9** 佐藤さんはいらっしゃいますか。	請問佐藤在嗎？
	10 わたしですが。	我就是。
詢問來電 者身份	**11** どなたですか。 請問您是哪位？	

| 說明自己的身份 | ⑫ | クラシック書店の李です。 我是經典書店的小李。 |
| | ⑬ | 王です。 我是小王。 |

請稍候	⑭	少々お待ちください。 請稍等。
	⑮	ちょっと待ってください。 稍等。
	⑯	ちょっと待ってね。 稍等。

| 要找的人不在 | ⑰ | 申し訳ございませんが、ただいま席をはずしております。
很抱歉，他現在不在。 |
| | ⑱ | 先程外出いたしました。もしよろしければ、のちほどお掛けなおしいただけますか。 他剛出去。您可不可以待會兒再打來？ |

| 留言 | ⑲ | 伝言をお預かりしましょうか。 您要留言嗎？ |
| | ⑳ | 伝言をお願いできますか。 我可以留言嗎？ |

| 詢問何時可以聯繫到對方 | ㉑ | 明日の午前中は事務室にいらっしゃいますか。
他明天上午會在辦公室嗎？ |
| | ㉒ | 何時ごろ電話すればいいですか。 我什麼時候才可以聯繫上他呢？ |

| 打對方手機 | ㉓ | 携帯のほうに連絡してみますね。
我會用手機和他聯繫看看。 |

| 打錯電話 | ㉔ | 掛け間違えたようです。すみません。
我一定是打錯電話了。對不起。 |
| | ㉕ | 電話番号を間違えたかもしれませんね。 你可能打錯了。 |

| 確認電話號碼 | ㉖ | ちょっと確認させていただきますね。6548 − 4290 ですか。
我可以確認一下號碼嗎？是不是 6548-4290？ |

267

病院・薬局で
びょういん　やっきょく

Part 23

在 醫 院 或 藥 房

©by MIKI Yoshihito

1 救急車 救護車
きゅうきゅうしゃ

2 医者 醫生
いしゃ

3 のどが痛い 喉嚨痛
いた

4 せき（が出る）咳嗽
で

5 鼻水（が出る）流鼻涕
はなみず で

6 頭痛（がする）頭痛
ずつう

7 胃痛（胃が痛い）胃痛
いつう い いた

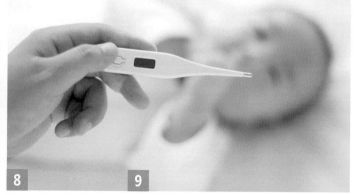

8 熱（が出る）發燒
ねつ で

9 熱を測る 量體温
ねつ はか

270

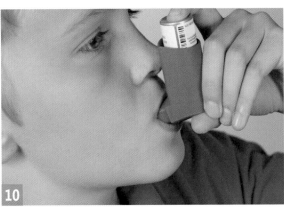

ぜんそく
喘息 氣喘

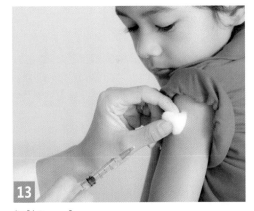

こっせつ
骨折 骨折

しょくちゅうどく
食中毒 食物中毒

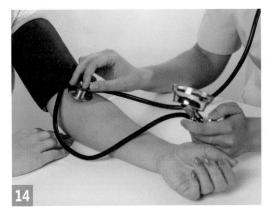

ちゅうしゃ　う
注射 (を打つ) 打針

けつあつ　はか
血圧を測る 量血壓

しょほうせん
処方箋 處方

271

16
薬局／ドラッグストア 藥房

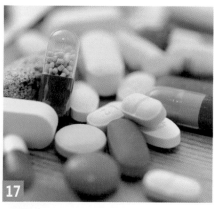

17
薬 藥

18
救急箱 急救箱

19
綿棒 棉花棒

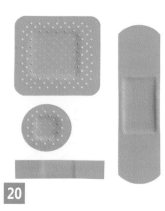

20
ばんそうこう OK繃

21
包帯 繃帶

22
ガーゼ 紗布

23
目薬 眼藥水

2 ・キーワード（關鍵字） 138

1	予約する	預約醫生
2	症状／病状	症狀
3	検査	檢查
4	インフルエンザ	流行性感冒
5	風邪	感冒
6	鼻が詰まる・鼻づまり	鼻塞
7	くしゃみ	打噴嚏
8	下痢	拉肚子
9	吐く／嘔吐	嘔吐
10	便秘	便秘
11	アレルギー	過敏
12	心臓発作	心臟病發作
13	高血圧	高血壓
14	糖尿病	糖尿病
15	インスリン	胰島素
16	歯が痛い	牙齒痛
17	鎮痛剤	止痛藥
18	ピル	藥丸
19	錠剤	藥錠
20	カプセル	膠囊
21	粉末	藥粉
22	ビタミン	維生素

会話（會話）

① ちょっと○○があります。 我患了……（139）

佐藤	ちょっと頭痛があって、のども痛いんです。
醫者	どれぐらい続いているんですか。
佐藤	おとといからです。
醫者	インフルエンザかもしれませんね。最近流行っていますから。
佐藤	どうしたらいいですか。
醫者	薬を飲んで、2、3日ゆっくり休んでください。

佐藤	我的頭與喉嚨都很痛。
醫生	有多久了？
佐藤	前天開始的。
醫生	可能流行性感冒，最近正在流行。
佐藤	那該怎麼辦？
醫生	吃些藥，休息兩、三天。

薬を処方できる医者 能開處方藥的醫生

カプセル 膠囊

02 **ドラッグストアで** 到藥房買藥 🎧140

佐藤 すみません。下痢止め薬はありますか。

店員 はい。こちらです。この錠剤は結構効きますよ。

佐藤 どうやって飲むんですか。

店員 6時間ごとに2錠ずつ飲んでください。

佐藤 分かりました。そうします。

店員 ちゃんと休んでくださいね。お大事に。

佐藤 ありがとうございます。

佐藤 有沒有止瀉的藥？

店員 有，這是您的藥。這種錠劑還滿有效的。

佐藤 這藥該怎麼吃？

店員 每六個小時吃兩顆。

佐藤 我知道了，我會照指示吃。

店員 記得好好休息。保重。

佐藤 謝謝。

01 看醫生（說明症狀） 🎧141

詢問症狀	❶ どうしましたか。 什麼地方不舒服？
	❷ どこが悪いんですか。 您覺得哪裡不舒服？
	❸ どのような症状がありますか。 有什麼症狀嗎？
	❹ 他の症状はありませんか。 還有其他症狀嗎？

發燒	❺ 高熱が出ました。 我發高燒。
	❻ ちょっと熱があります。 我正在發燒。
	❼ 熱が下がらないんです。 高燒不退。

| 頭痛 | ❽ 頭痛がひどいんです。 我的頭很痛。 |

| 頭暈 | ❾ 頭がふらふらするんです。 我老是覺得頭暈。 |

| 感冒 | ❿ 風邪を引いたみたいです。 我好像感冒了。 |

| 喉嚨痛 | ⓫ のどが痛いんです。 我喉嚨痛。 |

| 咳嗽 | ⓬ せきが止まらないんです。 我一直咳嗽。 |

| 鼻塞 | ⓭ 鼻が詰まっています。 我鼻塞。 |

| 流鼻涕 | ⓮ 鼻水が止まらないんです。 我流鼻涕。 |

276

Content:

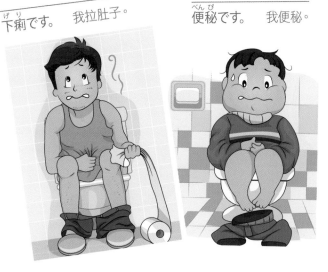

下痢です。　我拉肚子。

便秘です。　我便秘。

食物アレルギーです。
對食物過敏

嘔吐

⑮ 吐き気がするんです。　我想吐。

⑯ ちょっと食べたら、すぐ吐くんです。　我一吃就會吐。

胃痛

⑰ 胃が痛いんです。　我胃痛。

拉肚子

⑱ 下痢なんです。　我拉肚子。

便秘

⑲ 便秘なんです。　我便秘。

氣喘

⑳ 喘息なんです。　我會氣喘。

食物過敏

㉑ 食物アレルギーなんです。　我有食物過敏。

症狀何時開始

㉒ 症状が始まってどれぐらいになりますか。　症狀出現多久了？

㉓ 症状はいつからですか。　症狀什麼時候開始的？

㉔ 昨日からです。　是昨天開始發病的。

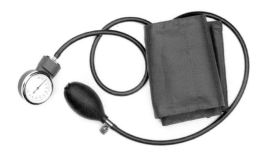

<ruby>血圧計<rt>けつあつけい</rt></ruby>　血壓計

レントゲン<ruby>写真<rt>しゃしん</rt></ruby>　X光片

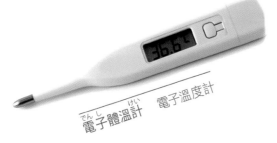

<ruby>電子體溫計<rt>でんし かいけい</rt></ruby>　電子溫度計

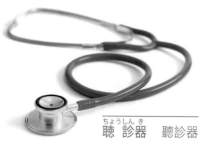

<ruby>聴診器<rt>ちょうしんき</rt></ruby>　聽診器

症狀持續 多久	**25** <ruby>症状<rt>しょうじょう</rt></ruby>が<ruby>出<rt>で</rt></ruby>てから 10<ruby>日目<rt>とおかめ</rt></ruby>です。　我已經病了 10 天。 **26** 3<ruby>日間<rt>みっかかん</rt></ruby>ずっと<ruby>頭<rt>あたま</rt></ruby>が<ruby>痛<rt>いた</rt></ruby>いんです。　我的頭已經痛了 3 天。
流行感冒	**27** <ruby>最近<rt>さいきん</rt></ruby><ruby>風邪<rt>かぜ</rt></ruby>が<ruby>流行<rt>はや</rt></ruby>っています。　最近感冒在流行。 **28** <ruby>風邪<rt>かぜ</rt></ruby>が<ruby>流行<rt>はや</rt></ruby>っています。<ruby>熱<rt>ねつ</rt></ruby>や<ruby>吐<rt>は</rt></ruby>き<ruby>気<rt>け</rt></ruby>などはありませんか。 感冒正在流行，您有發燒及惡心症狀嗎？

02 醫生檢查及開藥 🎧142

看舌頭	**29** 「ああ」と<ruby>言<rt>い</rt></ruby>って、<ruby>舌<rt>した</rt></ruby>を<ruby>見<rt>み</rt></ruby>せてください。 讓我看看您的舌頭，說「啊」。

278

量脈搏　　**30** 脈を測りますね。　我來量一下您的脈搏。

量血壓　　**31** 看護師さんが血圧を測ってくれます。　護士會幫您量血壓。

量體溫　　**32** 体温を測りますね。　我幫您量個體溫。

身體檢查　**33** 横になってください。全身検査をしますね。
躺下來，我幫您做全身檢查。

照Ｘ光　　**34** レントゲンを撮ったほうがいいですね。それでどこが悪いかが分か
りますから。您最好照張 X 光片，看看是哪裡有問題。

驗血　　　**35** 血液検査をしてきてくださいね。　您需要去驗血。

打針　　　**36** 注射しますね。　我會幫您打一針。

扭傷　　　**37** 足首を捻挫しました。　我扭傷了腳踝。

會不會痛　**38** 痛いですか。　會痛嗎？

會不會過　**39** アレルギー歴はありませんか。　您會過敏嗎？
敏　　　　**40** 薬 アレルギーはありませんか。　您有沒有對什麼藥物過敏？

不嚴重　　**41** 大したことはないです。　不嚴重。

多休息　　**42** しばらくはゆっくり休む必要があります。　您需要休息幾天。

醫生開處方	43	お薬を処方しますね。 我幫您開個處方。
	44	この処方箋を薬局に持って行ってくださいね。 拿這張處方到藥房去買藥。

| 索取診斷書 | 45 | 保険用の診断書を書いてもらえませんか。
請幫我開一張診斷證明，我申請保險時要用。 |

03 藥房買藥 🎧143

在藥房	46	処方薬はここで調剤してもらえますか。 我可以在這裡拿處方上的藥嗎？

| 沒有處方 | 47 | この薬は処方箋がなくても買えますか。 沒有處方可以買這種藥嗎？ |

| 買止痛藥 | 48 | 痛み止めがほしいんです。 我想買一些止痛藥。 |

頭痛藥 ❹ 頭痛薬（ずつうやく）ってありますか。 有沒有治療頭痛的藥？

止瀉藥 ❺⓪ 下痢止（げりど）め薬（やく）ってありますか。 你們有沒有止瀉藥？

買治感冒 的藥 ❺❶ 風邪薬（かぜぐすり）をください。 有沒有治感冒的藥？

買咳嗽藥 ❺❷ せき止（ど）め薬（やく）をください。 我想買止咳嗽的藥。

詢問藥物 療效 ❺❸ このカプセルはどんな病気（びょうき）に効（き）きますか。
這顆膠囊是治療什麼的？

服藥方式 ❺❹ この薬（くすり）はどうやって飲（の）むんですか。 這種藥要怎麼服用？

❺❺ 食後（しょくご）2錠（じょう）です。 飯後服兩顆。

❺❻ 6時間（じかん）ごとに1錠（じょう）ずつ飲（の）んでください。 每六個小時服一粒。

❺❼ 痛（いた）くなったら1錠（じょう）飲（の）んでくださいね。 覺得痛就吃一顆。

服藥時間 ❺❽ いつ飲（の）めばいいですか。 這種藥應該什麼時候吃？

副作用 ❺❾ 副作用（ふくさよう）はありますか。 有沒有副作用？

皮膚乾裂 ❻⓪ 肌（はだ）あれに効（き）く薬（くすり）はありますか。 有沒有治療皮膚乾裂的藥？

買OK繃 ❻❶ ばんそうこうはありますか。 你們有沒有OK繃？

買繃帶 ❻❷ 包帯（ほうたい）をください。 我要買繃帶。

買急救箱 ❻❸ 救急箱（きゅうきゅうばこ）はありませんか。 有沒有急救箱？

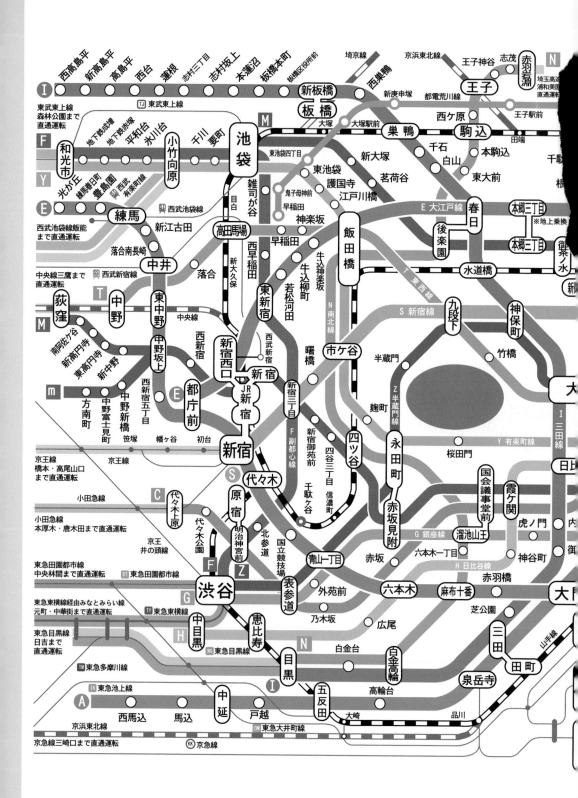

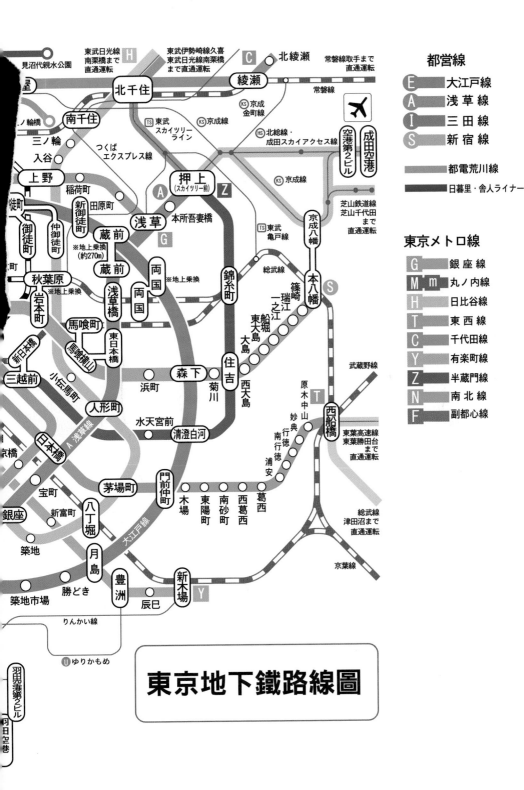

東京地下鐵路線圖

都営線

E	大江戸線
A	浅草線
I	三田線
S	新宿線

都電荒川線

日暮里・舎人ライナー

東京メトロ線

G	銀座線
M m	丸ノ内線
H	日比谷線
T	東西線
C	千代田線
Y	有楽町線
Z	半蔵門線
N	南北線
F	副都心線

彩圖實境旅遊日語

作　　者　齊藤剛編輯組

編　　輯　黃月良
封面設計　林書玉
製程管理　洪巧玲
出 版 者　寂天文化事業股份有限公司
電　　話　886-2-2365-9739
傳　　真　886-2-2365-9835
網　　址　www.icosmos.com.tw
讀者服務　onlineservice@icosmos.com.tw

國家圖書館出版品預行編目資料

彩圖實境旅遊日語 / 齊藤剛編輯組著 . -- 初版 .
　-- 臺北市：寂天文化 , 2015. 10
　　面；　公分 . --
ISBN：978-986-318-391-4（平裝）
ISBN：978-986-318-394-5（平裝附光碟片）
1. 日語 2. 旅遊 3. 會話
803.188　　　　　　　　　104019021

出版日期　2015 年 10 月
一版一刷　200101
郵撥帳號1998620-0　寂天文化事業股份有限公司
・劃撥金額 600（含）元以上者，郵資免費。
・訂購金額 600 元以下者，請外加 65 元。
〔若有破損，請寄回更換，謝謝。〕